A LITERATURA NAZISTA NA AMÉRICA

ROBERTO BOLAÑO

A literatura nazista na América

Tradução
Rosa Freire d'Aguiar

1ª reimpressão

Copyright © 1996 by Roberto Bolaño
Todos os direitos reservados.

Grafia atualizada segundo o Acordo Ortográfico da Língua Portuguesa de 1990, que entrou em vigor no Brasil em 2009.

Título original
La literatura nazi en América

Capa
Raul Loureiro

Obra de arte de capa
Onda azul (*Daido Moriyama*), óleo sobre tela sobre MDF de Rodrigo Andrade, 2014, 60 x 90 cm.

Preparação
Silvia Massimini Felix

Revisão
Isabel Cury
Clara Diament

Dados Internacionais de Catalogação na Publicação (CIP)
(Câmara Brasileira do Livro, SP, Brasil)

Bolaño, Roberto, 1953-2003.
    A literatura nazista na América / Roberto Bolaño ; tradução Rosa Freire d'Aguiar. — 1ª ed. — São Paulo : Companhia das Letras, 2019.

    Título original: La literatura nazi en América.
    ISBN 978-85-359-3206-5

    1. Ficção chilena I. Título.

19-23399   CDD-C863

Índice para catálogo sistemático:
1. Ficção chilena C863
Maria Paula C. Riyuzo – Bibliotecária – CRB-8/7639

[2022]
Todos os direitos desta edição reservados à
EDITORA SCHWARCZ S.A.
Rua Bandeira Paulista, 702, cj. 32
04532-002 — São Paulo — SP
Telefone: (11) 3707-3500
www.companhiadasletras.com.br
www.blogdacompanhia.com.br
facebook.com/companhiadasletras
instagram.com/companhiadasletras
twitter.com/cialetras

Para Carolina López

Sumário

OS MENDILUCE, 13
   Edelmira Thompson de Mendiluce, 15
   Juan Mendiluce Thompson, 26
   Luz Mendiluce Thompson, 29

OS HERÓIS EM MOVIMENTO OU A FRAGILIDADE DOS ESPELHOS, 37
   Ignacio Zubieta, 39
   Jesús Fernández-Gómez, 45

PRECURSORES E ANTI-ILUMINISTAS, 49
   Mateo Aguirre Bengoechea, 51
   Silvio Salvático, 53
   Luiz Fontaine da Souza, 55
   Ernesto Pérez Masón, 59

OS POETAS MALDITOS, 65
   Pedro González Carrera, 67
   Andrés Cepeda Cepeda, chamado O *Donzel*, 74

LETRADAS E VIAJANTES, 79
    Irma Carrasco, 81
    Daniela de Montecristo, 90

DOIS ALEMÃES NO FIM DO MUNDO, 93
    Franz Zwickau, 95
    Willy Schürholz, 98

VISÃO, FICÇÃO CIENTÍFICA, 105
    J. M. S. Hill, 107
    Zach Sodenstern, 110
    Gustavo Borda, 114

MAGOS, MERCENÁRIOS, MISERÁVEIS, 117
    Segundo José Heredia, 119
    Amado Couto, 121
    Carlos Hevia, 124
    Harry Sibelius, 125

AS MIL CARAS DE MAX MIREBALAIS, 131
    Max Mirebalais, vulgo Max Kasimir, Max von Hauptmann, Max Le Gueule, Jacques Artibonito, 133

POETAS NORTE-AMERICANOS, 141
    Jim O'Bannon, 143
    Rory Long, 147

A CONFRARIA ARIANA, 153
    Thomas R. Murchison, vulgo O *Texano*, 155
    John Lee Brook, 157

OS FABULOSOS IRMÃOS SCHIAFFINO, 161
    Italo Schiaffino, 163
    Argentino Schiaffino, vulgo *O Gordo*, 167

RAMÍREZ HOFFMAN, O INFAME, 183
    Carlos Ramírez Hoffman, 185

EPÍLOGO PARA MONSTROS, 209
    1. Alguns personagens, 211
    2. Algumas editoras, revistas, lugares…, 220
    3. Alguns livros, 228

Quando o rio é lento e se conta com uma boa bicicleta ou um cavalo, aí sim é possível banhar-se duas vezes (e até três, dependendo das necessidades higiênicas de cada um) no mesmo rio.

Augusto Monterroso

OS MENDILUCE

Edelmira Thompson de Mendiluce
Buenos Aires, 1894 — Buenos Aires, 1993

Aos quinze anos publicou seu primeiro livro de poesias, *Para papai*, graças ao qual conseguiu se situar numa discreta posição na imensa galeria de poetisas da alta sociedade portenha. A partir de então se tornou frequentadora assídua dos salões de Ximena San Diego e de Susana Lezcano Lafinur, ditadoras da lírica e do bom gosto nas duas margens do Prata, nos albores do século XX. Seus primeiros poemas, como é de se imaginar, falam de sentimentos filiais, pensamentos religiosos e jardins. Flertou com a ideia de ser freira. Aprendeu a montar a cavalo.

Em 1917 conhece o pecuarista e industrial Sebastián Mendiluce, vinte anos mais velho. Todo mundo ficou surpreso quando poucos meses depois se casaram. Segundo as testemunhas da época, Mendiluce desprezava a literatura em geral e a poesia em particular, não tinha sensibilidade artística (embora de vez em quando fosse à ópera) e sua conversa estava no mesmo nível da de seus peões e operários. Era alto e vigoroso, mas estava bem longe de ser bonito. Sua única qualidade reconhecida era a inesgotável fortuna.

As amigas de Edelmira Thompson disseram que havia sido um casamento de conveniência, mas a verdade é que ela se casou por amor. Um amor que nem Edelmira nem Mendiluce jamais souberam explicar e que se manteve inabalável até a morte. O casamento que acaba com a carreira de tantas escritoras em gestação deu novo ânimo à pluma de Edelmira Thompson. Abriu seu próprio salão em Buenos Aires, que rivalizou com o da San Diego e o da Lezcano Lafinur. Protegeu jovens pintores argentinos de quem não só comprava obras (em 1950 sua pinacoteca de artistas argentinos era não a melhor, mas uma das mais numerosas e extravagantes da República), como também costumava levá-los à sua estância de Azul para que, com todas as despesas pagas, pintassem longe do burburinho mundano. Fundou a Editora Candil Sureño e publicou mais de cinquenta livros de poesia, muitos dos quais dedicados a ela, a "boa fada das letras argentinas".

Em 1921 publica seu primeiro livro em prosa, *Toda minha vida*, autobiografia idílica, para não dizer rasa, sem mexericos e cheia de descrições paisagísticas e considerações poéticas que, ao contrário do que a autora esperava, passa em brancas nuvens pelas vitrines das livrarias de Buenos Aires. Decepcionada e em companhia de seus dois filhos pequenos, duas empregadas e mais de vinte malas, Edelmira parte para a Europa.

Visita Lourdes e as grandes catedrais. É recebida pelo papa. Percorre de veleiro as ilhas do Egeu e chega a Creta num meio-dia de primavera. Em 1922 publica em Paris um livrinho de poemas infantis em francês e outro em espanhol. Depois volta para a Argentina.

Mas as coisas mudaram e Edelmira já não se sente bem em seu país. Um jornal recebe o lançamento de seu novo livro de poesias (*Horas da Europa*, 1923) chamando-a de cafona. O crítico literário mais influente da imprensa nacional, dr. Luis

Enrique Belmar, julga-a uma "senhora infantil e desocupada que melhor faria se dedicasse seu esforço à beneficência e à educação dos muitos malandros esfarrapados que percorrem os espaços ilimitados da pátria". Edelmira responde com elegância, convidando para seu salão o dr. Belmar e outros críticos. Só comparecem quatro jornalistas mortos de fome que se ocupam do noticiário social. Edelmira, ofendida, isola-se na estância de Azul, acompanhada de uns poucos seguidores incondicionais. Na paz dos campos, ouvindo as conversas de gente trabalhadora e humilde, prepara um novo livro de poesias que jogará na cara de seus detratores. *Horas argentinas* (1925), a esperada coletânea, causa escândalo e controvérsia desde o dia de seu lançamento. Edelmira abandona a visão contemplativa e passa ao ataque. Arremete contra os críticos, contra as literatas, contra a decadência que cerca a vida cultural. Prega um retorno às origens: os trabalhos no campo, a fronteira sul sempre aberta. Deixa para trás os namoros e os desvanecimentos de amor. Edelmira quer uma literatura épica, epopeica, cujo pulso não trema na hora de cantar a pátria. A seu modo, o livro é um êxito absoluto, e num gesto de humildade, mal tendo tempo de saborear as doçuras do trabalho reconhecido, Edelmira parte mais uma vez para a Europa. Vai acompanhada dos filhos, das empregadas e do filósofo portenho Aldo Carozzone, que faz as vezes de secretário particular.

Passa o ano de 1926 viajando pela Itália com seu numeroso séquito. Em 1927 Mendiluce se junta a ela. Em 1928 nasce em Berlim sua primeira filha, Luz Mendiluce, uma vistosa menina de quatro quilos e meio. O filósofo alemão Haushofer será o padrinho de batismo numa cerimônia em que irão se encontrar a nata da intelectualidade argentina e a nata da intelectualidade alemã, e que terminará, depois de três dias de festa ininterrupta, num pequeno bosque perto de Rathenow, onde os Mendiluce oferecem a Haushofer um solo de timbales composto e executado pelo maestro Tito Vázquez, que na época causará sensação.

Em 1929, enquanto o crash mundial obriga Sebastián Mendiluce a voltar para a Argentina, Edelmira e seus filhos são apresentados a Adolf Hitler, que pegará a pequena Luz no colo e dirá: "É sem dúvida uma menina maravilhosa". Fazem fotos. O futuro Führer do Reich causa profunda impressão na poetisa argentina. Antes de se despedir, ela lhe oferece alguns de seus livros e um exemplar de luxo do *Martín Fierro*, presentes que Hitler agradece calorosamente, obrigando-a a improvisar uma tradução para o alemão ali mesmo, coisa que Edelmira e Carozzone conseguem, não sem dificuldade. Hitler fica encantado. São versos peremptórios e que apontam para o futuro. Edelmira, feliz, pede-lhe conselho sobre a escola mais adequada para seus dois filhos mais velhos. Hitler sugere um internato suíço, embora ressalve que a melhor escola é a vida. Finda a conversa, tanto Edelmira como Carozzone se confessarão hitleristas convictos.

O ano de 1930 é de viagens e aventuras. Na companhia de Carozzone, de sua filha pequena (os meninos ficaram num seleto internato de Berna) e de suas duas empregadas dos pampas, Edelmira navega pelo Nilo, visita Jerusalém (onde sofre uma crise mística ou nervosa que a mantém três dias prostrada no quarto do hotel), Damasco, Bagdá...

Sua cabeça ferve de projetos: quando regressar a Buenos Aires, planeja fundar uma nova editora que traduzirá pensadores e romancistas europeus, sonha em estudar arquitetura e projetar grandes escolas que construirá nos territórios argentinos aonde a civilização ainda não chegou, deseja criar uma fundação que leve o nome de sua mãe para mocinhas de parcos recursos e inquietações artísticas. Pouco a pouco, vai tomando forma em seu espírito um novo livro.

Em 1931 volta para Buenos Aires e começa a dar corpo a seus projetos. Funda uma revista, *La Argentina Moderna*, que Carozzone dirigirá e que publicará as últimas novidades em poesia e prosa, sem desprezar os artigos políticos, o ensaio filosófico, a resenha de cinema e as amenidades sociais. O lançamento da revista coincide com a publicação de seu livro *O novo manancial*, ao qual *La Argentina Moderna* dedicará a metade de suas páginas. *O novo manancial*, um misto de crônica de viagem e memórias filosóficas, é uma reflexão sobre o mundo contemporâneo, sobre o destino do continente europeu e do continente americano, ao mesmo tempo que espreita e adverte sobre a ameaça que o comunismo representa para a civilização cristã.

Os anos seguintes são pródigos em novos livros, novas amizades, novas viagens (percorre o norte da Argentina e, montada a cavalo, cruza a fronteira boliviana), novas aventuras editoriais e novas experiências artísticas que a levarão a escrever o libreto de uma ópera (*Ana, a camponesa redimida*, 1935, que estreia no Colón com opiniões divididas e confrontos verbais e físicos), a pintar uma série de paisagens da província de Buenos Aires e a colaborar na montagem de três peças do dramaturgo uruguaio Wenceslao Hassel.

Em 1940 Sebastián Mendiluce morre e a guerra a impede de viajar para a Europa, como gostaria. Louca de dor, redige ela mesma a nota necrológica que ocupa uma página de duas colunas nos principais jornais do país. Assina-a: Edelmira, viúva de Mendiluce. O texto demonstra sem dúvida o desvario mental em que se encontra. Destila farpas, alfinetadas, desprezo por grande parte da intelectualidade argentina.

Uma vez mais, refugia-se na estância de Azul em companhia apenas de sua filha caçula, do inseparável Carozzone e do jovem pintor Atilio Franchetti. De manhã escreve ou pinta. De tarde faz longos passeios solitários ou dedica as horas à leitura. Fruto dessas leituras e de sua manifesta vocação de decoradora de interiores é sua melhor obra, *O quarto de Poe* (1944), que prefigurará o nouveau roman e muitas das vanguardas posteriores e que dá à viúva de Mendiluce um lugar ao sol na literatura argentina e hispano-americana. A história é a seguinte. Edelmira lê *A filosofia do mobiliário*, de Edgar Allan Poe. O ensaio a entusiasma, ela descobre em Poe uma alma gêmea em matéria de artes decorativas e discute amplamente o assunto com Carozzone e Atilio Franchetti. Este último pinta um quadro seguindo fielmente as instruções de Poe: uma câmera oblonga de uns trinta pés de comprimento por 25 de largura (um pé equivale a cerca de trinta centímetros), com uma porta e duas janelas dispostas no extremo oposto. Os móveis, o papel de parede, as cortinas são reproduzidos com a máxima exatidão por Franchetti. Edelmira acha, porém, que essa exatidão é pouco, e opta por reproduzir ao natural o quarto de Poe. Para tanto, manda construir no jardim da fazenda um quarto com as mesmas medidas do descrito por Poe e depois lança seus agentes (antiquários, comerciantes de móveis e marceneiros) na pesquisa dos móveis e utensílios descritos no ensaio. O resultado almejado e obtido só pela metade era o seguinte:

— As janelas são amplas, descem até o chão e estão encaixadas em nichos profundos.

— As vidraças das janelas são de cor carmesim.

— As molduras, de pau-de-rosas, mais grossas que as usuais.

— Do lado interno do nicho existe, à guisa de cortinas, um tecido prateado e espelhado, que se adapta à forma da janela e cai solto em pequenas pregas.

— Fora do nicho se veem cortinas de uma seda carmesim lindíssima, debruada com uma brilhante rede dourada e forrada com o tecido prateado da cortina externa.

— O drapeado das cortinas surge de um entablamento largo e dourado que percorre o quarto na linha de junção das paredes com o teto.

— Fecha-se ou abre-se o cortinado com um cordão dourado grosso, que o prende bem frouxo e termina num simples nó. Não se veem pinos nem outros dispositivos semelhantes.

— As cores das cortinas e de seus debruados, ou seja, carmesim e dourado, aparecem profusamente em toda parte, determinando o *caráter* do quarto.

— O tapete, tecido na Saxônia, tem meia polegada de espessura e seu fundo também é carmesim, realçado simplesmente por um cordãozinho dourado (parecido com os festões das cortinas) em ligeiro relevo, estando disposto de tal modo que forma uma série de curvas breves e irregulares, as quais se entrecruzam aqui e ali.

— As paredes são revestidas de papel acetinado de tonalidade prata-acinzentada, no qual figuram pequenos desenhos de arabescos no tom carmesim dominante, mas de um matiz mais suave.

— Inúmeros quadros. Predominam as paisagens de estilo imaginativo, tais como as grutas das fadas de Stanfield ou o lago melancólico de Chapman. Veem-se, contudo, três ou quatro cabeças femininas de etérea beleza; são retratos à maneira de Sully. A tonalidade de todos os quadros é cálida mas sombria.

— Não há nenhum de dimensões reduzidas. Os quadros pequenos dão a um quarto esse aspecto *manchado* que é o defeito de tantas belas obras de arte excessivamente retocadas.

— As molduras são largas mas não profundas; são ricamente lavradas mas não opacas nem filigranadas.

— Os quadros estão bem encostados nas paredes, e não parecem presos por cordões.

— Há um espelho não muito grande, quase circular, pendurado de modo a que nele não se reflita ninguém que esteja nos lugares onde é possível sentar.

— Esses lugares são constituídos por dois amplos sofás de pau-de-rosas e seda carmesim com flores douradas e por duas poltronas leves também de pau-de-rosas.

— Dessa madeira também é o piano, que não tem capa e está aberto.

— Vê-se perto de um sofá uma mesa octogonal do mais lindo mármore incrustado de ouro. A mesa não tem nenhuma toalha.

— Quatro grandes e esplêndidos vasos de Sèvres, dos quais surge uma profusão de belas flores brilhantes, ocupam os cantos ligeiramente abaulados do quarto.

— Um candelabro alto, que contém uma lamparina antiga repleta de óleo perfumado, ergue-se perto de uma das poltronas (aquela onde dorme o amigo de Poe, o dono desse quarto ideal).

— Algumas prateleiras leves e graciosas, de bordas douradas, suspensas por cordões de seda carmesim com borlas douradas, suportam duzentos ou trezentos volumes magnificamente encadernados.

— Além desses não há outros móveis, a não ser uma lâmpada de Argand com seu tubo de vidro transparente de cor carmesim, suspensa no teto alto e abobadado por uma fina corrente de ouro, e que espalha um esplendor sereno e mágico sobre todas as coisas.

Não foi extremamente difícil conseguir a lâmpada de Argand. Muito menos as cortinas, o tapete ou as poltronas. Com o papel de parede houve problemas que a viúva de Mendiluce resolveu encomendando-o direto na fábrica a partir de um modelo especialmente desenhado por Franchetti. Foi impossível encontrar os quadros de Stanfield ou de Chapman, mas o pintor e seu amigo Arturo Velasco, um artista jovem e promissor, executaram telas que acabaram satisfazendo o desejo de Edelmira. O piano de pau-de-rosas também deu problemas, mas no final todos foram superados.

Com o quarto reconstituído, Edelmira acreditou ter chegado a hora de escrever. A primeira parte de O quarto de Poe é uma descrição detalhada deste. A segunda parte é um breviário sobre o bom gosto na decoração de interiores, tomando como ponto de partida certos preceitos de Poe. A terceira parte é a construção propriamente dita do quarto num gramado do jardim da estância de Azul. A quarta parte é uma descrição prolixa da procura dos móveis. A quinta parte é, de novo, uma descrição do quarto reconstituído, semelhante mas *diferente* do quarto descrito por Poe, com ênfase especial na luz, na cor carmesim, na procedência e no estado de conservação de alguns móveis, na qualidade das pinturas (todas, uma por uma, são descritas por Edelmira, sem poupar ao leitor um só detalhe). A sexta e última parte, talvez a mais curta, é o retrato do amigo de Poe, o homem que cochila. Certos críticos, talvez perspicazes demais, quiseram enxergar nele o recém-falecido Sebastián Mendiluce.

A obra é publicada e passa em brancas nuvens. Dessa vez, porém, Edelmira está tão segura do que escreveu que a incompreensão praticamente não a afeta.

Durante 1945 e 1946, de acordo com seus inimigos, ela é visitante assídua de praias abandonadas e enseadas secretas onde dá as boas-vindas à Argentina a viajantes clandestinos que atracam com os restos da frota de submarinos do almirante Doenitz. Comenta-se, aliás, que é dinheiro dela que está por trás da revista *El Cuarto Reich Argentino* e posteriormente da editora homônima.

Em 1947 aparece uma segunda edição revista e ampliada de *O quarto de Poe*. Agora traz uma reprodução do quadro de Franchetti: nela é possível apreciar o quarto da perspectiva da porta. Da pessoa que está dormindo só se consegue vislumbrar metade do rosto. De fato, poderia ser Sebastián Mendiluce, ou talvez apenas um homem corpulento.

Em 1948, sem se desfazer de *La Argentina Moderna*, funda uma nova revista, *Letras Criollas*, cuja direção entrega a seus filhos Juan e Luz. Pouco depois parte para a Europa, de onde só voltará em 1955. Menciona-se como motivo para esse longo exílio sua inimizade irreconciliável com Eva Perón. No entanto, em muitas fotos da época Evita e Edelmira aparecem juntas, em coquetéis, recepções, festas de aniversário, estreias teatrais e competições esportivas. Provavelmente Evita jamais conseguiu chegar à página dez de O quarto de Poe e com toda certeza Edelmira não aprovava a origem social da primeira-dama, mas existem papéis e cartas de terceiros que atestam que ambas estavam envolvidas em projetos comuns, como a criação de um grande museu (concebido por Edelmira e pelo jovem arquiteto Hugo Bossi) de arte contemporânea argentina, com um serviço de alojamento e pensão completa, algo nunca visto em nenhum complexo museológico mundial, com o objetivo de facilitar a criação — e a vida cotidiana — de jovens e não tão jovens expoentes da pintura moderna e evitar, de passagem, sua emigração para Paris ou Nova York. Fala-se também do rascunho de um roteiro cinematográfico escrito pelas duas sobre a vida e as desgraças de um jovem dom-juan inocente que seria protagonizado por Hugo del Carril, mas o rascunho, como tantas outras coisas, se perdeu.

O certo é que Edelmira só voltou à Argentina em 1955 e que nessa época a estrela ascendente nas letras portenhas era sua filha, Luz Mendiluce.

Edelmira publicará mais alguns poucos livros. O primeiro volume de suas *Poesias completas* aparecerá em 1962; o segundo, em 1979. Um livro de memórias, *O século que eu vivi* (1968), escrito em colaboração com seu fiel Carozzone; um conjunto de relatos curtíssimos, *Igrejas e cemitérios da Europa* (1972), no qual se destaca seu prodigioso bom senso; e uma coletânea de poemas inéditos da juventude, *Fervor* (1985), compõem a totalidade de sua obra publicada nos últimos anos.

Em compensação, seu trabalho de incentivadora das artes e promotora de novos talentos não decairia com o tempo. São incontáveis os livros que ostentam um prefácio, um posfácio seu ou uma dedicatória da viúva de Mendiluce, assim como incontáveis são as primeiras edições que ela financiou do próprio bolso. Entre os primeiros cabe destacar *Corações rançosos e corações jovens*, de Julián Rico Anaya, romance que em 1978 provocou considerável polêmica tanto na Argentina como no estrangeiro, ou *As adoradoras invisíveis*, de Carola Leyva, coletânea de poemas com pretensão de pôr um ponto final na discussão estéril que se mantinha sobre a poesia em certos círculos argentinos desde o segundo Manifesto do Surrealismo. Entre os segundos é impossível não citar *A rapaziada de Puerto Argentino*, memórias talvez um tanto exageradas sobre a Guerra das Malvinas com as quais irrompe no mundo literário o ex-soldado Jorge Esteban Petrovich, e *Os dardos e o vento*, uma antologia de poetas jovens e de boa família que têm como objetivos estéticos, entre outros, não usar cacofonias nem palavras dissonantes nem grosserias cotidianas, e que, prefaciada por Juan Mendiluce, obteve um inesperado sucesso de vendas.

Passou seus últimos anos na estância de Azul, reclusa no quarto de Poe, onde costumava cochilar e sonhar com o passado, ou no amplo terraço da casa principal, absorta na leitura e na contemplação de uma paisagem.

Manteve a lucidez ("a raiva", dizia) até o fim.

Juan Mendiluce Thompson
Buenos Aires, 1920 — Buenos Aires, 1991

Segundo filho de Edelmira Thompson, desde muito cedo soube que podia fazer o que quisesse de sua vida. Tentou os esportes (foi um tenista aceitável e um péssimo piloto de carros de corrida), o mecenato (que confundiu com a boemia e o convívio com delinquentes e do qual seu pai e seu vigoroso irmão mais velho o afastaram com ameaças e proibições que chegaram à agressão física), a carreira das leis e a literatura.

Aos vinte anos publica seu primeiro romance, *Os egoístas*, relato de mistério e exaltação juvenil que se passa entre Londres, Paris e Buenos Aires. Os fatos se desenvolvem em torno de um acontecimento aparentemente sem transcendência: de repente, um bom pai de família pede à mulher, aos gritos, que fuja de casa com as crianças ou que se tranquem à chave num quarto. Ato contínuo, tranca-se no banheiro. Uma hora depois a mulher sai do quarto onde se enfiou obedecendo à ordem do marido, vai ao banheiro e o encontra morto, com a navalha de barbear na mão e o pescoço cortado. A partir desse suicídio, à primeira vista claro e irrefutável, desenrola-se uma investigação realizada sobretudo por um policial da Scotland Yard fanático por espiritismo e por um dos filhos do morto. A investigação dura mais de quinze anos e serve de pretexto para o desfile de uma galeria de personagens, tais como um jovem *camelot-du-roi* ou um jovem nazista alemão; o autor os faz falar em profusão e tende a se identificar com eles.

O romance foi um sucesso (até 1943 se esgotaram quatro edições na Argentina e foram enormes as vendas na Espanha, no Chile, no Uruguai e em outros países hispano-americanos), mas Juan Mendiluce preferiu deixar de lado a literatura e se dedicar à política.

Durante algum tempo, considerou-se um falangista e seguidor de José Antonio Primo de Rivera. Era antiamericano e anticapitalista. Mais tarde se tornou peronista e chegou a ocupar altos cargos políticos na província de Córdoba e na capital federal. Seu périplo pela administração pública foi impecável. Com a queda do peronismo, seus pendores políticos sofreram nova mutação: virou pró-americano (na verdade, a esquerda argentina o acusou de publicar nas páginas de sua revista textos de 25 agentes da CIA, um número exagerado de qualquer ângulo que se olhe), foi aceito num dos mais poderosos escritórios de advocacia de Buenos Aires e finalmente nomeado embaixador na Espanha. Ao voltar de Madri publicou o romance *O ginete argentino*, no qual investe contra a escassa espiritualidade do mundo, a progressiva ausência de piedade ou compaixão, a incapacidade do romance moderno de compreender a dor e portanto criar personagens, sobretudo o romance francês, embrutecido e atordoado.

É chamado de *Catão* argentino. Briga com sua irmã, Luz Mendiluce, pelo controle da revista da família. Ganha a parada e tenta levar a cabo uma cruzada contra a falta de sentimentos no romance contemporâneo. Coincidindo com a publicação de seu terceiro romance, *A primavera em Madri*, lança uma ofensiva contra os afrancesados e os cultores da violência, do ateísmo e das ideias estrangeiras. *Letras Criollas* e *La Argentina Moderna* lhe servirão de plataforma, assim como diversos jornais de Buenos Aires que acolhem entusiasmados ou estarrecidos suas diatribes contra Cortázar, a quem ele acusa de irreal e cruel, e contra Borges, a quem acusa de escrever histórias que "são caricaturas de caricaturas" e de criar personagens há muito esgotados numa literatura, a inglesa e a francesa, já periclitante, "contada mil vezes, gasta até a náusea"; seus ataques se estendem a Bioy Casares, Mujica Lainez, Ernesto Sabato (em quem enxerga a personificação do culto à violência e da agressividade gratuita), Leopoldo Marechal e outros.

Ainda publicará mais três romances: *O ardor da juventude*, um estudo sobre a Argentina de 1940; *Pedrito Saldaña, da Patagônia*, relato de aventuras austrais a meio caminho entre Stevenson e Conrad; e *Luminosa escuridão*, romance sobre a ordem e a desordem, a justiça e a injustiça, Deus e o vazio.

Em 1975 trocou mais uma vez a literatura pela política. Serviu com igual lealdade o governo peronista e o dos militares. Em 1985, depois da morte de seu irmão mais velho, assumiu a responsabilidade dos negócios familiares. Em 1989 delegou-a a seus dois sobrinhos e a seu filho, e se preparou para escrever um romance que não chegou a terminar. Edelmiro Carozzone, filho do secretário de sua mãe, trouxe a público uma edição crítica dessa última obra, *Ilhas que afundam*. Cinquenta páginas. Conversas entre personagens ambíguos e descrições caóticas de uma profusão sem fim de rios e mares.

Luz Mendiluce Thompson
Berlim, 1928 — Buenos Aires, 1976

Luz Mendiluce foi uma menina encantadora e vistosa, uma adolescente gorda e pensativa e uma mulher alcoólatra e infeliz. Além disso foi, de todos os escritores de sua família, quem teve mais talento.

A famosa foto de Hitler segurando a menina de poucos meses a acompanhou por toda a sua vida. Numa linda moldura de prata lavrada, presidia o salão de sua casa ao lado de vários retratos de pintores argentinos em que ela aparecia, menina ou adolescente, quase sempre na companhia da mãe. Apesar do valor de alguns desses quadros, não se descarta que em caso de incêndio Luz Mendiluce tivesse salvado das chamas, antes de qualquer outra coisa, inclusive de alguns cadernos com textos inéditos, a fotografia.

Costumava dar versões diferentes para quem visitava sua casa e se interessava pela origem de foto tão singular. Às vezes dizia que se tratava de uma órfã, simplesmente, e que a foto tinha sido tirada numa visita a um orfanato, uma das tantas que os políticos fazem para ganhar eleitores e publicidade. Outras vezes explicava que se tratava de uma sobrinha de Hitler, uma menina heroica e infeliz que tinha morrido aos dezessete anos enquanto combatia na Berlim assediada pelas hordas comunistas. E às vezes reconhecia sem rodeios que era ela, que Hitler a carregara no colo e que, em sonhos, ela ainda podia sentir seus braços fortes e sua respiração cálida por cima de sua cabeça, e que provavelmente aquele tinha sido um dos melhores momentos de sua vida. Talvez tivesse razão.

Poetisa precoce, aos dezesseis anos publica sua primeira coletânea de versos. Aos dezoito tem em seu ativo três livros editados, vive praticamente só e decide se casar com o jovem poeta argentino Julio César Lacouture. O casamento conta com o beneplácito da família, apesar dos inconvenientes que à primeira vista o noivo oferece. Lacouture é jovem, elegante, culto, de uma beleza varonil singular, mas não tem um tostão e como poeta é uma mediocridade. A viagem de núpcias se passa nos Estados Unidos e no México, em cuja capital Luz Mendiluce organiza um recital de poesia. Ali mesmo começam os problemas. Lacouture tem ciúme de sua mulher. Vinga-se pondo-lhe chifres. Uma noite, em Acapulco, Luz sai para procurá-lo. Lacouture está na casa do romancista Pedro de Medina. A casa, onde durante o dia se organizou um churrasco em homenagem à poetisa argentina, de noite se transformou num bordel em homenagem a seu cônjuge. Luz encontra Lacouture acompanhado de duas putas. De início mantém a calma. Bebe duas tequilas na biblioteca, com Pedro de Medina e o poeta realista socialista Augusto Zamora, que tentam tranquilizá-la. Falam de Baudelaire, Mallarmé, Claudel e da poesia soviética, de Paul Valéry e Sor Juana Inés de la Cruz. A menção a Sor Juana é a gota que transborda o copo e Luz explode. Pega a primeira coisa ao alcance da mão e vai para o quarto à procura de seu marido. Lacouture, em alto grau de intoxicação etílica, está ocupado no processo de se vestir. De um canto do quarto, as putas, em trajes sumários, o observam. Luz não resiste e espatifa na cabeça do marido uma estátua de bronze que representa Palas Atena. Lacouture, com uma forte concussão, tem de ser internado num hospital por quinze dias. Voltam juntos para a Argentina mas quatro meses depois se separam.

Com o fracasso matrimonial Luz afunda no desespero. Entrega-se à bebida, frequenta antros e tem aventuras com personagens portenhos da pior espécie. É dessa época seu famoso poema "Com Hitler fui feliz", texto incompreendido tanto pela direita como pela esquerda. Sua mãe tenta mandá-la para a Europa, mas Luz se recusa. Na época está pesando mais de noventa quilos (mede apenas 1,58 metro) e costuma beber uma garrafa de uísque por dia.

Em 1953, coincidindo com a morte de Stálin e de Dylan Thomas, publica a coletânea *Tangos de Buenos Aires*, em que, além de uma versão revista e ampliada de "Com Hitler fui feliz", figuram alguns de seus melhores poemas: "Stálin", uma fábula caótica que se passa entre garrafas de vodca e alaridos incompreensíveis; "Autorretrato", provavelmente um dos poemas mais cruéis escritos na Argentina na década de 1950, pródiga em poemas desse tipo; "Luz Mendiluce e o amor", na linha do anterior mas com certa dose de ironia e humor negro que o torna mais respirável; e "Apocalipse aos cinquenta anos", uma promessa de suicídio ao chegar a essa idade, e que, para quem a conhece, pode ser considerada otimista: nessa toada, Luz Mendiluce é forte candidata a morrer antes dos trinta.

Aos poucos vai se formando ao seu redor uma patota de escritores heterodoxos demais para o gosto de sua mãe ou radicais demais para o gosto de seu irmão. Para os nazistas e os complexados, para os alcoólatras e os marginais sexuais ou econômicos, a *Letras Criollas* se transforma num ponto de referência obrigatório e Luz Mendiluce, na grande mãe de todos e na papisa de uma nova poesia argentina que a sociedade das letras, assustada, tentará esmagar.

Em 1958 Luz volta a se apaixonar. Dessa vez o eleito é um pintor de 25 anos, louro, de olhos azuis e uma estupidez desnorteante. A relação dura até 1960, quando o pintor vai para Paris com uma bolsa de estudos que Luz, por intermédio de seu irmão Juan, conseguiu para ele. A nova desilusão age como um motor na gestação de outro de seus grandes poemas, "A pintura argentina", em que examina sua relação nem sempre harmoniosa com essa pintura, sendo ela compradora de arte, esposa de pintor, modelo infantil e modelo adulta.

Em 1961, e depois de conseguir a anulação do primeiro casamento, contrai matrimônio com o poeta Mauricio Cáceres, colaborador da *Letras Criollas* e cultor de uma poesia que ele mesmo denomina "neogauchesca". Escaldada, dessa vez Luz está decidida a ser uma esposa exemplar: deixa a *Letras Criollas* nas mãos do marido (o que lhe acarretará sérios problemas com Juan Mendiluce, que acusa Cáceres de ladrão), abandona a prática da escrita e se dedica de corpo e alma a ser uma boa esposa. Com Cáceres à frente da revista, os complexados, os nazistas e os problemáticos em massa logo passam a ser "neogauchescos". O sucesso sobe à cabeça de Cáceres. Por um instante chega a pensar que já não precisa de Luz nem da família Mendiluce. Quando imagina ser conveniente, ele ataca Juan e Edelmira. E até se dá ao luxo de desprezar a própria mulher. Não tardam a aparecer novas musas, jovens poetisas que se rendem diante da viril proposta "neogauchesca" e por quem Cáceres se deixa atrair. Até que, de súbito, aparentemente alheia e ignorando os negócios de seu marido, Luz volta a explodir. O incidente é comentado à exaustão pelas colunas sociais de Buenos Aires. Cáceres e um redator da *Letras Criollas* vão parar no hospital com ferimentos de bala, que no caso do redator não terão maiores consequências mas que manterão Cáceres internado por um mês e meio. O destino de Luz não será muito melhor. Depois de atirar contra o marido e contra o amigo do marido, ela se tranca no banheiro e engole todos os comprimidos do armário de remédios. Dessa vez a viagem à Europa é inevitável.

Em 1964, e depois de passar por vários sanatórios, Luz volta a surpreender seus poucos mas fiéis leitores: sai a coletânea *Como um furacão*, dez poemas, 120 páginas, prefácio de Susy D'Amato (que mal compreende uma única linha da poesia de Luz, mas é das poucas amigas que lhe restam), publicada por uma editora feminista do México que logo se arrepende amargamente de ter apostado numa "conhecida militante de ultradireita" cuja filiação verdadeira era desconhecida, embora os versos de Luz sejam isentos de alusões políticas, talvez uma metáfora infeliz ("em meu coração sou a última nazista"), mas sempre no plano íntimo. Um ano depois o livro é reeditado na Argentina e consegue algumas críticas favoráveis.

Em 1967 Luz volta a se instalar, agora definitivamente, em Buenos Aires. Uma aura de mistério a envolve. Em Paris, Jules Albert Ramis traduziu e publicou praticamente toda a sua poesia. Ela vive na companhia de um jovem poeta espanhol, Pedro Barbero, que faz as vezes de secretário e que ela chama de Pedrito. O tal Pedrito, ao contrário de seus esposos e amantes argentinos, é prestativo, atento (embora talvez meio rude) e acima de tudo leal. Luz retoma a direção da *Letras Criollas* e se põe à frente de uma nova editora, El Águila Herida. Uma coorte de fãs não tarda em cercá-la e celebrar todos os seus atos. Pesa cem quilos. Usa o cabelo até a cintura e lava-se pouco. Veste roupas velhas, para não dizer farrapos.

Sua vida sentimental sossegou. Ou seja, Luz Mendiluce não sofre mais. Tem amantes, bebe em excesso e às vezes abusa da cocaína, mas seu equilíbrio espiritual se mantém incólume. É dura. Suas resenhas literárias são temidas e esperadas com deleite por aqueles que seu engenho e seus dardos envenenados não atingem. Mantém debates polêmicos e azedos com certos poetas argentinos (todos homens, todos famosos), os quais satiriza cruelmente chamando-os de homossexuais (em público Luz é contra o homossexualismo embora na intimidade conviva com uma profusão de amigos dessa tendência), arrivistas ou comunistas. Boa parte das escritoras argentinas a admira e lê, abertamente ou não.

A briga com seu irmão Juan pelo controle da *Letras Criollas* (a revista em que tanto investiu e tantos dissabores lhe custou) atinge proporções épicas. Perde e leva os jovens consigo. Vive num grande apartamento de Buenos Aires e numa fazenda do Paraná que transformou numa comuna de artistas em que ela reina incontestada. Ali, perto do rio, os artistas conversam, fazem a sesta, bebem, pintam, alheios aos cruéis acontecimentos políticos que começam a pipocar vertiginosamente no exterior.

Mas ninguém está a salvo. Uma tarde aparece na fazenda Claudia Saldaña. É jovem, é poetisa, é bonita, acompanha uma amiga. Luz a vê e no mesmo instante fica maravilhada. Pede para ser apresentada e não poupa suas atenções. Claudia Saldaña passa uma tarde e uma noite na fazenda e na manhã seguinte volta para Rosário, onde vive. Luz leu seus poemas, mostrou-lhe seus livros traduzidos em francês, a foto de sua primeira infância em que aparece com Hitler, animou-a a escrever; implorou-lhe que a deixasse ler suas poesias (Claudia Saldaña disse que mal está começando, que é tudo muito ruim), ofereceu-lhe uma pequena escultura de madeira que a outra elogiou e, por fim, tentou embriagá-la, para que se sentisse mal e não fosse embora, mas Claudia Saldaña foi embora.

Dois dias mais tarde (que passa como sonâmbula) Luz descobre que está apaixonada. Sente-se como uma criança. Consegue o telefone de Claudia em Rosário e lhe telefona. Transtornada, mal contém sua emoção. Quer marcar um encontro. Claudia aceita. Vão encontrar-se em Rosário três dias depois. Luz não se contém, deseja vê-la naquela mesma noite, no mais tardar no dia seguinte. Claudia alega compromissos inadiáveis. Não tem jeito, é impossível. Luz aceita todas as condições, resignada e feliz. Nessa noite chora e dança e bebe até desmaiar. Sem dúvida é a primeira vez que sente algo assim por uma pessoa. O amor verdadeiro, confessa a Pedrito, que concorda com tudo.

O encontro em Rosário não é tão maravilhoso como Luz imagina. Claudia lhe expõe clara e francamente os empecilhos para uma relação futura e mais íntima entre as duas: não é lésbica, a diferença de idade é considerável (mais de 25 anos) e por fim suas ideias políticas são opostas, para não dizer claramente antagônicas. "Somos inimigas mortais", Claudia lhe diz com tristeza. Luz parece se interessar por essa última afirmação. (Ser lésbica ou não, quando o amor é verdadeiro, não lhe parece transcendental. E a idade é uma ilusão.) Mas serem inimigas mortais desperta sua curiosidade. Por quê? Porque eu sou trotskista e você é uma fascistoide de merda, diz Claudia. Luz engole o insulto e ri. E isso é irremediável?, pergunta, morrendo de amor. É irremediável, diz Claudia. E a poesia?, pergunta Luz. A poesia tem pouco a ver com a Argentina nos dias que correm, diz Claudia. Talvez você tenha razão, Luz reconhece, prestes a cair no choro, mas talvez se engane. A despedida é triste. Luz tem um Alfa Romeo esporte azul-claro. Sua rotunda anatomia custa a entrar no carro, mas ela tenta, animada, com um sorriso no rosto. Da porta da lanchonete onde estavam, Claudia a observa sem se mexer. Luz acelera e a imagem de Claudia no espelho retrovisor não se move.

Qualquer uma, em seu lugar, teria se rendido, mas Luz não

é qualquer uma. Invade-a uma atividade criadora torrencial. Antes, quando sofria de amores e desamores, sua pluma secava por muito tempo. Agora escreve como uma alucinada, pressentindo talvez a fatalidade do destino. Toda noite telefona para Claudia, falam, discutem, leem poemas uma à outra (os de Claudia são francamente ruins mas Luz evita dizê-lo). Toda noite insiste, suplica um novo encontro. Faz propostas fantasiosas: partirem juntas da Argentina, fugirem para o Brasil, para Paris. Seus planos provocam gargalhadas da jovem poetisa, uma gargalhada desprovida de crueldade, talvez uma hilaridade tingida de tristeza.

De repente o campo, a comuna de artistas do Paraná torna-se asfixiante para Luz, que resolve voltar para Buenos Aires. Ali tenta retomar sua vida social, frequentar amigos, ir ao cinema ou ao teatro. Mas não consegue. Também não tem coragem de ir visitar Claudia em Rosário sem sua permissão. Escreve então um dos poemas mais estranhos da literatura argentina, "Minha filha", 750 versos cheios de amor, arrependimento, ironia. E telefona para Claudia toda noite.

Não é descabido pensar que depois de tantas conversas surgisse entre ambas uma amizade sincera e correspondida.

Em setembro de 1976, transbordante de amor, Luz pega o Alfa Romeo e sai literalmente voando para Rosário. Quer dizer a Claudia que está disposta a mudar, que na verdade já está mudando. Ao chegar à casa de Claudia encontra os pais dela mergulhados no desespero. Um grupo de desconhecidos sequestrou a jovem poetisa. Luz move céus e terra, recorre às suas amizades, às amizades da mãe, do irmão mais velho e de Juan, em vão. Os amigos de Claudia dizem que os militares é que estão com ela. Luz se nega a crer e espera. Dois meses depois o cadáver é encontrado num lixão na zona norte da cidade. No dia seguinte Luz retorna a Buenos Aires em seu Alfa Romeo. No meio do caminho se espatifa contra um posto de gasolina. A explosão é considerável.

OS HERÓIS EM MOVIMENTO OU
A FRAGILIDADE DOS ESPELHOS

Ignacio Zubieta
Bogotá, 1911 — Berlim, 1945

Único filho homem de uma das melhores famílias de Bogotá, Ignacio Zubieta teve uma vida que desde o início parecia planejada para alcançar os píncaros mais altos. Bom estudante, extraordinário desportista, aos treze anos falava e escrevia correntemente inglês e francês, dono de um porte e de uma beleza masculina que se destacavam onde quer que ele estivesse, de trato agradável, grande conhecedor da literatura clássica espanhola (aos dezessete anos publicou por sua conta uma monografia sobre Garcilaso de la Vega que seria unanimemente aplaudida nos meios literários colombianos), cavaleiro de primeira, campeão de polo de sua geração, dançarino excelso, irrepreensível no vestir-se, com uma leve preferência pelas roupas esporte, bibliófilo empedernido, alegre mas sem vícios, tudo nele fazia pressagiar os mais altos êxitos ou pelo menos uma vida profícua para sua família e sua pátria. Mas o acaso ou a época terrível que lhe coube (e ele escolheu) viver torceram seu destino irremediavelmente.

Aos dezoito anos publica um livro de versos gongóricos que a crítica aponta como obra de valor e interesse mas que não acrescenta rigorosamente nada à poesia colombiana da época. Zubieta compreende e seis meses depois vai para a Europa em companhia de seu amigo Fernández-Gómez. Na Espanha frequenta os salões da alta sociedade, que fica maravilhada com sua juventude e sua simpatia, sua inteligência e um halo trágico que já então aureolava sua figura alta e espigada. Dizem (nas colunas de fofocas dos jornais de Bogotá na época) que mantém relações íntimas com a duquesa de Bahamontes, viúva, rica e 25 anos mais velha, embora sobre esse detalhe não haja nenhuma certeza. Seu apartamento na Castellana é ponto de encontro de poetas, dramaturgos e pintores. Empreende, e não termina, um estudo sobre a vida e a obra do aventureiro do século XVI Emilio Henríquez. Escreve poesias que não manda para o prelo e que poucos leem. Viaja pela Europa e pelo norte da África e de vez em quando envia apontamentos de sua peregrinação, esboços de turista atento, para os jornais colombianos.

Em 1933, segundo alguns diante da iminência de um escândalo que afinal não chega a estourar, sai da Espanha e depois de uma curta temporada em Paris visita a Rússia e os países escandinavos. A impressão que lhe causa o país dos sovietes é contraditória e misteriosa: em sua colaboração irregular para a imprensa colombiana mostra-se admirado com a arquitetura moscovita, os grandes espaços cobertos de neve e o balé de Leningrado. As opiniões políticas, ou ele guarda para si ou não as tem. Descreve a Finlândia como um país de brincadeira. Acha as suecas parecidas com camponesas exuberantes. Considera que os fiordes noruegueses ainda não encontraram seu poeta (acha Ibsen nauseabundo). Seis meses depois regressa a Paris e se instala num confortável apartamento da rua des Eaux, aonde pouco depois chegará seu inseparável Fernández-Gómez, que tivera de ficar em Copenhague convalescendo de uma pneumonia.

A vida em Paris se passa entre o Clube de Polo e as noitadas artísticas. Zubieta se interessa pela entomologia e assiste às aulas do professor André Thibault na Sorbonne. Em 1934 viaja a Berlim com Fernández-Gómez e um novo amigo, o jovem Philippe Lemercier, pintor de paisagens vertiginosas e de "cenas do fim do mundo", e que de certo modo Zubieta protege.

Pouco depois de estourar a Guerra Civil na Espanha, Zubieta e Fernández-Gómez viajam para Barcelona e em seguida para Madri. Ali permanecem três meses visitando os poucos amigos que não fugiram. Depois, para grande surpresa dos que os conhecem, passam para a *zona nacional*, e se alistam como voluntários no Exército franquista. A carreira militar de Zubieta é rápida, repleta de atos de coragem e medalhas, mas não sem certas lacunas. De alferes passa a tenente e em seguida, quase sem transição, a capitão; supõe-se que está presente na batalha do fechamento da bolsa de Estremadura, na campanha do norte, na batalha de Teruel; porém, no final da guerra é encontrado em Sevilha, efetuando serviços vagamente administrativos. O governo colombiano, oficiosamente, propõe-lhe ser adido cultural em Roma, cargo que rejeita. Participa, como cavaleiro num brioso potro branco, das Festas del Rocío de 1938 e 1939, um tanto deslustradas mas ainda fascinantes. O começo da Segunda Guerra Mundial o flagra viajando com Fernández-Gómez por terras mauritanas. Durante todo esse tempo a imprensa de Bogotá só recebeu dois textos de sua lavra e nenhum deles relativo aos acontecimentos pontuais, políticos e sociais de que Zubieta é testemunha privilegiada. No primeiro descreve a vida de alguns insetos do Saara. No segundo fala das cavalarias árabes e as compara à criação de cavalos de raça pura que se pratica na Colômbia. Nem uma palavra sobre a Guerra Civil Espanhola, nem uma palavra sobre o cataclismo que ameaça a Europa, nem uma palavra sobre literatura ou sobre si mesmo, embora seus amigos colombianos continuem aguardando a grande obra literária para a qual Zubieta parece predestinado.

Em 1941, respondendo ao chamado de Dionisio Ridruejo, de quem é amigo íntimo, Zubieta é dos primeiros que se incorporam na Divisão Espanhola de Voluntários, popularmente conhecida como Divisão Azul. Durante a fase de treinamento na Alemanha, que para ele é de um tédio mortal, dedica-se, junto com seu inseparável Fernández-Gómez, a traduzir a poesia de Schiller que as revistas *Poesía Viva* de Cartagena e *El Faro Poético Literario* de Sevilha publicarão em conjunto.

Já na Rússia participa de diversas ações ao longo do rio Volkhov e das batalhas de Possad e de Krasny Bor, onde ganha, por seu comportamento heroico, a Cruz de Ferro. No verão de 1943 está de volta a Paris, só, pois Fernández-Gómez ficou no Hospital Militar de Riga se restabelecendo de seus ferimentos.

Em Paris Zubieta retoma a vida social. Frequenta escritores e artistas. Viaja para a Espanha em companhia de Lemercier. Dizem que volta a ver a duquesa de Bahamontes. Uma editora madrilenha publica um livro com suas traduções de Schiller. É celebrado, convidado para todas as festas, mimado pela sociedade, embora Zubieta já não seja o que era: um véu de gravidade cobre permanentemente seu rosto, como se pressentisse a morte iminente.

Em outubro, com a repatriação da Divisão Azul, Fernández--Gómez retorna e os dois amigos se reencontram em Cádiz. Junto com Lemercier viajam para Sevilha, em seguida para Madri, onde fazem uma leitura dos poemas de Schiller no anfiteatro universitário diante de uma plateia imensa e entusiasta, e depois para Paris, onde finalmente se instalam.

Poucos meses antes do desembarque na Normandia, Zubieta entra em contato com oficiais da Brigada Carlos Magno, embora nos arquivos dessa unidade das ss francesas não conste seu nome. Com a patente de capitão volta para a Frente Russa em companhia de seu inseparável Fernández-Gómez. Num envelope remetido de Varsóvia, Lemercier receberá em outubro de 1944 parte dos papéis que afinal constituirão o legado literário de Ignacio Zubieta.

Integrado num batalhão de irredutíveis ss francesas, Zubieta está em Berlim quando a cidade é cercada, nos estertores do Terceiro Reich. Segundo o diário de Fernández-Gómez, ele morre em combates de rua no dia 20 de abril de 1945. No dia 25 do mesmo mês Fernández-Gómez deposita na Legação Sueca o resto dos papéis do amigo e uma caixa com documentos pessoais que a embaixada sueca faz chegar ao embaixador colombiano na Alemanha em 1948. Os papéis de Zubieta finalmente chegam às mãos da família, que em 1950 publica em Bogotá um primoroso livrinho com quinze poemas, ilustrados por Lemercier, que resolveu se radicar no belo país sul-americano. A coletânea se chama *Cruz de flores*. Nenhum dos poemas ultrapassa os trinta versos. O primeiro se intitula "Cruz de véus", o segundo "Cruz de flores", e assim por diante (o penúltimo se intitula "Cruz de ferro" e o último "Cruz de escombros"). Desnecessário acrescentar que são decididamente autobiográficos, embora marcados por um processo verbal hermético que os torna obscuros, crípticos para quem deseje rastrear o périplo da vida de Zubieta, o mistério que sempre envolverá seus exílios, suas opções, sua morte aparentemente inútil.

Do restante da obra de Zubieta pouco se sabe. Há quem afirme que não havia mais nada ou que o pouco que havia era decepcionante. Por algum tempo se especulou sobre a existência de um diário íntimo de mais de quinhentas páginas que a mãe de Zubieta atirou ao fogo.

Em 1959 um grupo de extrema direita de Bogotá publica com autorização de Lemercier, mas não da família de Zubieta, que apresentará demandas e abrirá processos contra o francês e os editores, o livro intitulado *Cruz de ferro*, cujo subtítulo é *Um colombiano na luta contra o bolchevismo* (título e subtítulo pelos quais obviamente Zubieta não é responsável). O romance ou o longo conto (oitenta páginas com cinco fotos de Zubieta uniformizado, numa das quais, num restaurante parisiense, exibe com um sorriso frio sua Cruz de Ferro, única obtida por um colombiano durante a Segunda Guerra Mundial) é uma apologia da amizade entre soldados que não evita nenhum dos tópicos da vasta literatura do gênero e que um crítico da época definiu como um híbrido entre Sven Hassel e José María Pemán.

Jesús Fernández-Gómez
Cartagena das Índias, 1910 — Berlim, 1945

Até que trinta anos depois de sua morte a Editora El Cuarto Reich Argentino desse a conhecer uma parte de seus textos, a vida e a obra de Jesús Fernández-Gómez permaneceram submersas no anonimato. Um dos livros publicados foi *Anos de luta de um falangista americano na Europa*, espécie de romance autobiográfico de 180 páginas escritas durante os trinta dias que o autor passou no Hospital Militar de Riga convalescendo de ferimentos de guerra, e no qual Fernández-Gómez narra suas aventuras na Espanha durante a Guerra Civil e na Rússia como voluntário da Divisão 250, a famosa Divisão Azul espanhola; o outro livro é um longo texto poético chamado *Cosmogonia da nova ordem*.

Comecemos pelo último. Os 3 mil versos que compõem o poema estão datados entre Copenhague e Saragoça, ao longo dos anos 1933 e 1938. O poema, de intenção épica, narra duas histórias que constantemente se intercalam e justapõem: a de um guerreiro germânico que deve matar um dragão e a de um estudante americano que precisa demonstrar sua coragem num meio hostil. O guerreiro germânico sonha uma noite que matou o dragão e que uma nova ordem se imporá sobre o reino que ele subjugava. O estudante americano sonha que deve matar alguém, que obedece à ordem que o ordena matar, que consegue uma arma, se introduz no quarto da vítima e neste só encontra uma "cascata de espelhos que o cegam para sempre". O guerreiro germânico, depois do sonho, se dirige confiante para a luta onde perecerá. O estudante americano, cego, vagará até a morte pelas ruas de uma cidade fria, paradoxalmente reconfortado pelo brilho provocado por sua cegueira.

As primeiras páginas de *Anos de luta de um falangista americano na Europa* falam da infância e da adolescência do autor em Cartagena, sua cidade natal, no seio de uma família "pobre mas honrada e feliz", suas primeiras leituras, os primeiros versos. Seguem-se o encontro com Ignacio Zubieta num bordel de Bogotá, a amizade dos jovens, as ambições partilhadas, o desejo de ver o mundo e romper as amarras familiares. A segunda parte registra os primeiros anos na Europa: a vida num apartamento de Madri, as novas amizades, as primeiras brigas entre ele e Zubieta que de vez em quando terminam aos socos, as velhas e os velhos depravados, a impossibilidade de trabalhar em casa e suas longas horas trancado na Biblioteca Nacional, as viagens que costumam ser felizes mas que de vez em quando também são infelizes.

Fernández-Gómez sente-se maravilhado com a própria juventude: fala de seu corpo, de sua potência sexual, do comprimento de seu membro viril, de sua resistência para a bebida (que detesta: bebe porque é isso que Zubieta costuma fazer), de sua capacidade para ficar vários dias sem dormir. Também se sente maravilhado, e agradecido, com sua facilidade para isolar-se nos momentos mais difíceis, com o consolo que o exercício literário lhe proporciona, com a possibilidade de escrever uma grande obra "que o dignifique, que o limpe de todos os pecados, que confira sentido à sua vida e ao seu sacrifício", embora sobre a natureza desse "sacrifício" caia um véu espesso. Procura falar de si mesmo e não de Zubieta, ainda que, como ele mesmo reconhece, carregue a sombra de Zubieta "grudada no pescoço, como uma gravata necessária ou como uma lealdade mortal".

Não se estende em considerações políticas. Julga que Hitler é o homem providencial da Europa e pouco mais diz a seu respeito. A proximidade física do poder, no entanto, o comove até as lágrimas. No livro abundam cenas em que, acompanhando Zubieta, participa de saraus ou atos protocolares, entregas de medalhas, desfiles militares, missas e bailes. Os detentores da autoridade, quase sempre generais ou autoridades eclesiásticas, são descritos em detalhes, com o mesmo amor e a morosidade das mães ao descreverem seus filhos.

A Guerra Civil é a hora da verdade. Fernández-Gómez se entrega a ela com entusiasmo e coragem, embora compreenda de imediato, e assim faz saber a seus futuros leitores, que a presença de Zubieta a seu lado é uma carga pesada. A reconstituição que faz de Madri em 1936 — quando ele e Zubieta se movem como fantasmas entre fantasmas em busca dos amigos escondidos do terror vermelho e visitam embaixadas latino-americanas onde são recebidos por funcionários desmoralizados que pouco ou nada podem lhes informar — é vívida e vibrante. Fernández-Gómez não demora a se adaptar ao extraordinário. A vida castrense, a dureza da frente de batalha, as marchas e contramarchas não causam avarias em sua disposição nem em sua coragem. Tem tempo para ler, escrever, ajudar Zubieta, que em grande medida depende dele, pensar no futuro, fazer planos sobre sua volta à Colômbia que nunca chegará a se concretizar.

Terminada a Guerra Civil, mais unido a Zubieta do que nunca, passa quase sem transição à aventura russa da Divisão Azul. A batalha de Possad é narrada com um realismo assustador, isento de lirismo e de concessões de qualquer tipo. A descrição dos corpos destroçados pela artilharia às vezes lembra as pinturas de Bacon. As páginas finais nos falam da tristeza do Hospital de Riga, da solidão do guerreiro prostrado, sem amigos, abandonado à melancolia dos crepúsculos bálticos, que ele compara desfavoravelmente aos crepúsculos de Cartagena na pátria distante.

Apesar de seu caráter de obra não corrigida e revista, *Anos de luta de um falangista americano na Europa* tem a força do texto escrito nos limites da experiência, além de certos esclarecimentos saborosos sobre aspectos desconhecidos da vida de Ignacio Zubieta que por pudor omitiremos. Entre as múltiplas críticas que, de seu leito de Riga, Fernández-Gómez lhe faz, anotemos apenas aquela de aspecto puramente literário sobre a paternidade da tradução dos poemas de Schiller. Seja como for, o certo é que os amigos voltaram a se encontrar, se bem que em presença de um terceiro, o pintor Lemercier, e juntos retomaram o caminho da polêmica Brigada Carlos Magno. É difícil discernir quem arrastou quem nessa derradeira aventura.

A última obra de Fernández-Gómez que veio a público (embora nada leve a temer que seja realmente a *última*) é o pequeno romance galante *A condessa de Bracamonte*, publicada pelo selo editorial Odín da cidade colombiana de Cali no ano de 1986. O leitor perspicaz reconhecerá facilmente na protagonista desse relato a duquesa de Bahamontes e em seus dois jovens antagonistas os inseparáveis Zubieta e Fernández-Gómez. O romance não é isento de humor, sobretudo para a época em que foi escrito: Paris, 1944. Talvez Fernández-Gómez tenha carregado um pouco nas tintas. Sua duquesa de Bracamonte tem 35 anos e não os quarenta e tantos que se calculavam para a autêntica duquesa de Bahamontes. No romance de Fernández-Gómez os dois jovens colombianos (Aguirre e Garmendia) compartilham as noites da duquesa. Durante o dia dormem ou escrevem. A descrição dos jardins andaluzes é minuciosa e não destituída de interesse.

PRECURSORES E ANTI-ILUMINISTAS

Mateo Aguirre Bengoechea
Buenos Aires, 1880 — Comodoro Rivadavia, 1940

Dono de uma enorme estância em Chubut que administrou pessoalmente e à qual poucos amigos tiveram acesso, a vida de Bengoechea é um enigma que oscila entre o bucólico contemplativo e a personificação do titã. Colecionador de pistolas e facas, gostava da pintura florentina e detestava, no entanto, a pintura veneziana; profundo conhecedor da literatura de língua inglesa, sua biblioteca, apesar das encomendas regulares a vários livreiros de Buenos Aires e da Europa, nunca passou de mil exemplares; cultivou o celibato, a paixão por Wagner, alguns poetas franceses (Corbière, Catulle Mendès, Laforgue, Banville) e alguns filósofos alemães (Fichte, August Wilhelm Schlegel, Friedrich Schlegel, Schelling, Schleirmacher); no gabinete onde escrevia e despachava os negócios da fazenda abundavam os mapas e os apetrechos da lavoura; em suas paredes e estantes coexistiam em harmonia dicionários e manuais práticos e fotos desbotadas dos primeiros Aguirre e outras reluzentes de seus animais premiados.

    Escreveu quatro romances venturosos e espaçados no tempo (*A tempestade e os jovens*, 1911; *O rio do diabo*, 1918; *Ana e os guerreiros*, 1928; e *A alma da cascata*, 1936) e uma curta coletânea de poesias em que lamenta ter nascido cedo demais num país jovem demais.

Sua correspondência é múltipla e precisa; seus correspondentes, literatos americanos e europeus das mais variadas tendências, que ele leu com atenção e a quem nunca chegou a tratar com intimidade.

Odiou Alfonso Reyes com uma fúria digna do mais nobre empenho.

Pouco antes de morrer, em carta enviada a um amigo de Buenos Aires, antevê um período brilhante para a humanidade, a entrada triunfal numa nova idade de ouro, e pergunta a si mesmo se os argentinos estarão à altura das circunstâncias.

Silvio Salvático
Buenos Aires, 1901 — Buenos Aires, 1994

Entre suas propostas juvenis se incluem a restauração da Inquisição, os castigos corporais públicos, a guerra permanente seja contra os chilenos, seja contra os paraguaios ou bolivianos como uma forma de ginástica nacional, a poligamia masculina, o extermínio dos índios para evitar uma contaminação maior da raça argentina, a redução dos direitos dos cidadãos de origem judaica, a emigração maciça procedente dos países escandinavos para clarear progressivamente a epiderme nacional escurecida depois de anos de promiscuidade hispano-indígena, a concessão de bolsas literárias vitalícias, a isenção de impostos para os artistas, a criação da maior força aérea da América do Sul, a colonização da Antártida, a edificação de novas cidades na Patagônia.

Foi jogador de futebol e futurista.

De 1920 a 1929 escreveu e publicou mais de doze coletâneas de poesias, algumas das quais obtiveram prêmios municipais e provinciais, e frequentou os salões literários e os cafés da moda. Desde 1930, amarrado a um casamento desastroso e a uma prole numerosa, trabalhou como folhetinista e revisor em vários jornais da capital e frequentou as espeluncas e a arte do romance que sempre lhe foi esquiva; publicou três: *Campos de honra* (1936), que trata de desafios e duelos semiclandestinos numa Buenos Aires espectral; *A dama francesa* (1949), um relato de prostitutas generosas, cantores de tango e detetives; e *Os olhos do assassino* (1962), curiosa premonição do *psycho killer* cinematográfico dos anos 1970 e 1980.

Morreu no asilo de idosos de Villa Luro, tendo como único bem uma mala repleta de livros velhos e manuscritos inéditos.

Seus livros nunca foram reeditados. Seus inéditos provavelmente foram jogados no lixo ou no fogo pelos zeladores do asilo.

Luiz Fontaine da Souza
Rio de Janeiro, 1900 — Rio de Janeiro, 1977

Autor de uma precoce *Refutação a Voltaire* (1921) que lhe valeu elogios nos círculos católicos do Brasil e a admiração do mundo universitário por causa da vastidão da obra, 640 páginas, do aparato crítico e bibliográfico e da manifesta juventude do autor. Em 1925, como para confirmar as expectativas criadas por seu primeiro livro, publica a *Refutação a Diderot* (530 páginas) e dois anos depois a *Refutação a D'Alembert* (590 páginas), obras que o colocam à frente dos filósofos católicos do país.

Em 1930 publica a *Refutação a Montesquieu* (620 páginas) e, em 1932, a *Refutação a Rousseau* (605 páginas).

Em 1935 passa quatro meses internado numa clínica para doentes mentais em Petrópolis.

Em 1937 vem à luz *A questão judaica na Europa seguida de um memorando sobre a questão brasileira*, livro volumoso como todos os seus (552 páginas) em que expõe os perigos que espreitam o Brasil (desordem, promiscuidade, criminalidade) se a mestiçagem se generalizar.

Em 1938 aparece a *Refutação a Hegel seguida de uma breve re-*

futação a Marx e Feuerbach (635 páginas), que muitos filósofos e até alguns leitores consideram a obra de um demente. Fontaine, é irrefutável, conhece a filosofia francesa (domina perfeitamente o idioma), mas não a filosofia alemã. Sua *refutação* a Hegel, que vira e mexe ele confunde com Kant e outras vezes, o que é ainda pior, com Jean-Paul, Hölderlin e Ludwig Tieck, segundo os críticos é patética.

Em 1939 surpreende a todos com a publicação de um pequeno romance sentimental. Em suas escassas 108 páginas (outra surpresa) narra os galanteios de um professor de literatura portuguesa dirigidos a uma jovem rica e quase analfabeta de Novo Hamburgo. O romance, *Luta de contrários*, quase não se vende, mas seu estilo fino, sua argúcia e a perfeita economia verbal com que está construído não passam despercebidos de certos críticos, que o elogiam sem reservas.

Em 1940 é internado de novo no sanatório de Petrópolis, de onde só sairá três anos mais tarde. Durante sua longa temporada, embora interrompida pelas festas natalinas ou pelas férias com a família e sempre sob os cuidados estritos de uma enfermeira, escreve a continuação de *Luta de contrários*: *Crepúsculo em Porto Alegre*, cujo subtítulo, *Apocalipse em Novo Hamburgo*, é esclarecedor para o conjunto da obra romanesca. O relato parte exatamente do mesmo ponto em que se interrompe *Luta de contrários*. Com uma escrita fragmentada, alheia ao estilo fino, à argúcia e à economia verbal do precedente, *Crepúsculo em Porto Alegre* narra os vários pontos de vista de um mesmo personagem, o professor de literatura portuguesa, em relação a um crepúsculo interminável, e no entanto velocíssimo, na cidade meridional brasileira, enquanto simultaneamente em Novo Hamburgo (daí o subtítulo *Apocalipse em Novo Hamburgo*) os criados, a família e posteriormente a polícia se deparam com o cadáver da rica herdeira analfabeta encontrada em seu quarto, *debaixo* da grande cama de baldaquim, retalhada a punhaladas. O romance, por imperativos familiares, só será publicado quando já ia bem avançada a década de 1960.

Depois, um longo silêncio. Em 1943 publica um artigo num jornal do Rio no qual se opõe à entrada do Brasil na Segunda Guerra Mundial. Em 1948 publica um artigo na revista *Mulher Brasileira* sobre flores e lendas do Pará, especialmente da região entre o rio Tapajós e o rio Xingu.

E assim até 1955, quando aparece *Crítica a O ser e o nada, de Sartre*, v. I (350 páginas), que trata unicamente dos tópicos 2 e 3 da Introdução, "Em busca do ser", de *O ser e o nada*. Esses tópicos são "O cogito pré-reflexivo e o ser do percipere" e "O ser do percipi", e em sua crítica Fontaine percorre desde os filósofos pré-socráticos até os filmes de Chaplin e Buster Keaton. Em 1957 aparece o segundo volume (320 páginas), que trata do quinto tópico, "A prova ontológica", e do sexto tópico, "O ser em si", da Introdução da obra sartriana. Os dois livros passam, diríamos, em brancas nuvens pelos círculos filosóficos e universitários brasileiros.

Em 1960 aparece o terceiro volume. Em 600 páginas compactas aborda os tópicos terceiro, quarto e quinto ("A concepção dialética do nada", "A concepção fenomenológica do nada" e "A origem do nada") do primeiro capítulo (A origem da negação) da Primeira Parte (O problema do nada) e os tópicos primeiro, segundo e terceiro ("Má-fé e mentira", "As condutas de má-fé" e "A 'fé' da má-fé") do segundo capítulo (A má-fé) da Primeira Parte.

Em 1961, e em meio a um silêncio sepulcral que não é interrompido nem mesmo por seu próprio editor, aparece o quarto volume (555 páginas), que aborda os cinco tópicos ("A presença ante si", "A facticidade do para-si", "O para-si e o ser do valor", "O para-si e o ser dos possíveis" e "O eu e o circuito da ipseidade") do primeiro capítulo (As estruturas imediatas do para-si) da Segunda Parte (O ser-para-si) e os tópicos segundo e terceiro

("Ontologia da temporalidade, a) 'A temporalidade estática', b) 'Dinâmica da temporalidade'" e "Temporalidade original e temporalidade psíquica: a reflexão") do segundo capítulo (A temporalidade) da Segunda Parte.

Em 1962 aparece o quinto volume (720 páginas), em que, pulando o terceiro capítulo (A transcendência) da Segunda Parte, quase todos os tópicos do primeiro capítulo (A existência do próximo) e todos os tópicos sem exceção do segundo capítulo (O corpo) da Terceira Parte (O para-outro), aborda, pródigo e feroz, o terceiro tópico ("Hüsserl, Hegel, Heidegger") do primeiro capítulo e os três tópicos ("A primeira atitude para com o próximo: o amor, a linguagem, o masoquismo", "A segunda atitude para com o próximo: a indiferença, o desejo, o ódio, o sadismo" e "O 'ser-com' (Mitsein) e o 'nós', a) O 'nós'-objeto, b) O nós-sujeito") do terceiro capítulo (As relações concretas com o próximo) da Terceira Parte.

Em 1963, enquanto trabalhava no sexto volume, seus irmãos e sobrinhos se veem obrigados a interná-lo de novo num sanatório para doentes mentais, onde permanecerá até 1970. Não voltou a escrever. A morte o surpreenderá sete anos depois em seu confortável apartamento do Leblon, no Rio, enquanto ouve um disco do compositor argentino Tito Vázquez e observa pelos janelões o crepúsculo carioca, os carros, as pessoas que conversam nas calçadas, as luzes que se acendem, se apagam, as janelas que se fecham.

Ernesto Pérez Masón
Matanzas, 1908 — Nova York, 1980

Romancista realista, naturalista, expressionista, cultor do decadentismo e do realismo socialista, autor de cerca de vinte obras que avalizam uma carreira iniciada com o esplêndido relato *Sem coração* (Havana, 1930), um pesadelo de estranhos ecos kafkianos num momento em que poucos no Caribe conheciam a obra de Kafka, e terminada com a prosa cruel, mordaz e ressentida de *Don Juan em Havana* (Miami, 1979).

Integrante um tanto sui generis da revista *Orígenes*, sua inimizade com Lezama Lima foi lendária. Em três ocasiões desafiou o autor de *Paradiso* a bater-se em duelo com ele. Na primeira, em 1945, impôs como cenário do lance um terreninho que possuía nas redondezas de Pinar del Río e sobre o qual escreveu inúmeras páginas a propósito da profunda felicidade de ser proprietário, termo que ontologicamente chegou a equiparar com o de destino. Lezama, evidentemente, não o levou em consideração.

Na segunda ocasião, em 1954, o local escolhido para o duelo foi o pátio de um bordel de Havana e as armas, sabres. Lezama, mais uma vez, não se apresentou.

O terceiro e último desafio ocorreu em 1963; o lugar escolhido foi o jardim dos fundos da casa do dr. Antonio Nualart, onde se realizava uma festa com participação de poetas e pintores; as armas, os punhos, como nas brigas cubanas clássicas. Lezama, que por mero acaso estava na festa, novamente conseguiu escapulir, ajudado por Eliseo Diego e Cintio Vitier. Dessa vez a bravata de Pérez Masón acabou mal. Meia hora depois a polícia se apresentou e após uma breve discussão ele foi preso. Na delegacia as coisas pioraram. Segundo a polícia Pérez Masón deu um soco no olho de um agente. Segundo Pérez Masón aquilo foi uma arapuca montada habilmente por Lezama e pelo castrismo, unidos num casamento antinatural diante da oportunidade de esmagá-lo. O incidente se concluiu com quinze dias de prisão.

Não será a última vez que Pérez Masón visitará as cadeias do regime. Em 1965 é publicado o romance *A sopa dos pobres*, no qual, num impecável estilo que Cholokhov aprovaria, narra os sofrimentos de uma família numerosa de Havana em 1950. O romance é formado por quinze capítulos. O primeiro começa com: "Voltava a negra Petra..."; o segundo: "Independente, mas tímida e relutante..."; o terceiro: "Valente era Juan..."; o quarto: "Amorosa, jogou os braços no pescoço dele...". O censor esperto logo pula. As primeiras letras de cada capítulo compõem um acróstico: VIVA ADOLF HITLER. O escândalo é imenso. Pérez Masón se defende, desdenhoso: trata-se de uma coincidência. Os censores põem mãos à obra; nova descoberta, as primeiras letras de cada segundo parágrafo compõem outro acróstico: MERDA DE PAISINHO. E as de cada terceiro parágrafo: QUE ESPERAM OS U.S. E as de cada quarto parágrafo: COCÔ PARA VOCÊS. E assim, como cada capítulo se compõe invariavelmente de 25 parágrafos, os censores e o público em geral não demoram a encontrar 25 acrósticos. Foda-se, ele dirá mais tarde, eram demasiado fáceis de resolver, mas se eu os tivesse feito difíceis ninguém teria percebido.

O resultado são três anos de cadeia, que finalmente viram dois, e a edição, em inglês e francês, de seus primeiros romances: *As bruxas*, um relato misógino e cheio de histórias que se abrem para outras histórias que por sua vez se abrem para outras histórias e cuja estrutura ou falta de estrutura guarda certa semelhança com a obra de Raymond Roussel; *O engenho dos Masónes*, obra paradigmática e paradoxal em que nunca se sabe com certeza se Pérez Masón está falando da sagacidade mental de seus antepassados ou de um engenho de açúcar do final do século XIX onde se reúne uma loja maçônica que planeja a revolução cubana e mais tarde a revolução mundial, e que em sua época (1940) mereceu os elogios de Virgilio Piñera, que nela enxergou uma versão cubana de *Gargântua e Pantagruel*; e *A árvore dos enforcados*, romance obscuro, de um gótico caribenho inédito até então (1946), em que aparece às claras sua fobia dos comunistas (surpreendentemente, o terceiro capítulo é dedicado a narrar as vicissitudes militares do marechal Jukov, herói de Moscou, Stalingrado e Berlim, e constitui, por si só — e pouco tem a ver com o resto do romance —, uma das passagens mais brilhantes e estranhas da literatura latino-americana da primeira metade do século XX), dos homossexuais, dos judeus e dos negros, e que lhe valeu a inimizade de Virgilio Piñera, que no entanto nunca deixou de reconhecer a coragem inquietante, como de jacaré dormindo, do romance, talvez o melhor de todos os que Pérez Masón escreveu.

Durante quase toda a sua vida, até o triunfo da Revolução, trabalhou como professor de literatura francesa numa escola superior de Havana. Na década de 1950 tentou sem sucesso plantar amendoim e inhame em seu célebre terreninho de Pinar del Río que por fim as novas autoridades expropriaram. Sobre sua vida em Havana ao sair da prisão conta-se uma infinidade de histórias, na maioria inventadas. Dizem que foi informante da polícia, escreveu discursos e arengas para um conhecido político do regime, fundou uma seita secreta de poetas e assassinos fascistas, praticou a macumba, percorreu as casas de todos os escritores, pintores, músicos, pedindo que intercedessem por ele junto às autoridades. Só quero trabalhar, dizia, só trabalhar e viver fazendo a única coisa que sei fazer. Ou seja, escrevendo.

Ao sair da prisão, tem em mãos um romance de duzentas páginas que nenhuma editora cubana se atreve a publicar. Seu tema é uma investigação dos primeiros anos da alfabetização nos anos 1960. Sua execução é impecável, em vão os censores tentam encontrar mensagens crípticas entre suas páginas. Ainda assim não se pode publicá-lo e Pérez Masón queimará os três únicos manuscritos existentes. Anos mais tarde escreverá em suas memórias que o romance inteiro, da primeira à última página, era um manual de criptografia, o *Superenigma*, embora evidentemente já não tenha o texto para prová-lo, e sua afirmação será recebida com indiferença, se não incredulidade, nos círculos de exilados de Miami que o censuram por suas primeiras e um tanto apressadas hagiografias de Fidel e Raúl Castro, Camilo Cienfuegos e Che Guevara, ao que Pérez Masón responderá escrevendo um curioso e pequeno romance pornográfico (que publicará com o pseudônimo de Abelardo de Rotterdam) furiosamente antiamericano, com o general Eisenhower e o general Patton como protagonistas.

Em 1970, também segundo seu diário, tenta e consegue fundar um Grupo de Escritores e Artistas Contrarrevolucionários. Integram o grupo o pintor Alcides Urrutia e o poeta Juan José Lasa Mardones, de quem ninguém ouviu falar e que provavelmente são invenções do próprio Pérez Masón ou pseudônimos perfeitos de escritores adeptos do regime castrista que a certa altura enlouqueceram ou quiseram jogar em duas frentes. A sigla GEAC esconde, segundo alguns críticos, o Grupo de Escritores Arianos de Cuba. Seja como for, do Grupo de Escritores e Artistas Contrarrevolucionários ou do Grupo de Escritores Arianos de Cuba (ou do Caribe?) nada se soube até que Pérez Masón, confortavelmente instalado em Nova York, publicasse suas memórias.

Seus anos de ostracismo pertencem ao domínio da lenda. Talvez tenha estado de novo na cadeia, talvez não.

Em 1975, e depois de muitas tentativas frustradas, consegue sair de Cuba e se instala em Nova York, onde se dedica — trabalhando mais de dez horas por dia — à escrita e à polêmica. Morreria cinco anos depois. O *Dicionário de autores cubanos* (Havana, 1978), que ignora Cabrera Infante, surpreendentemente inclui seu nome.

OS POETAS MALDITOS

Pedro González Carrera
Concepción, 1920 — Valdivia, 1961

As poucas hagiografias que circulam sobre González Carrera coincidem em afirmar que sua obra foi tão brilhante como cinzenta foi sua vida, e talvez não lhes falte razão. De origem humilde, professor de escola primária, casado aos vinte anos e pai de sete filhos, a vida de González Carrera foi uma sucessão de mudanças de destino, sempre em escolas de pequenos povoados ou de aldeias da Cordilheira, e de apertos financeiros condimentados por desgraças familiares ou humilhações pessoais.

Seus primeiros poemas nos mostram um adolescente que imita Campoamor, Espronceda, os românticos espanhóis. Aos 21 anos publica sua primeira poesia na revista *Flores Sureñas*, uma publicação dedicada à "agricultura, à pecuária, à educação e à pesca" e que na época era dirigida por um grupo de professores primários de Concepción e Talcahuano, entre os quais se destacava Florencio Capó, amigo de González desde a infância. Aos 24, de acordo com seus biógrafos, González tenta publicar seu segundo poema na *Revista del Instituto Pedagógico* de Santiago. Capó, que na época havia se mudado para a capital e colaborava na revista, apresenta o poema segundo suas próprias palavras sem tê-lo lido, e este é publicado ao lado de vinte textos de outros tantos poetas que exerciam o magistério em Santiago e nas províncias e que constituíam o núcleo básico de leitores da revista. O escândalo é imediato e, embora restrito ao âmbito do magistério nacional, imenso.

Longe, longíssimo ficavam os louvores a Campoamor. O poema, de trinta versos exatos e límpidos, era uma reivindicação dos exércitos vilipendiados do Duce, da coragem italiana escarnecida (naqueles anos, tanto em círculos pró-Aliados como nos germanófilos se dava por certo que os italianos eram uma raça de covardes; é conhecida a afirmação de um político de Santiago quanto a um possível conflito fronteiriço com os argentinos italianizados, dizendo que com uma companhia de carabineiros chilenos da melhor estirpe o governo conseguiria frear e esmagar uma divisão de carcamanos) e, ao mesmo tempo, e isso é o que o torna original, uma negação da flagrante derrota, uma promessa de vitória final que chegará "por meios inéditos, insuspeitos, maravilhosos".

O rebuliço que se armou, do qual González, na época professor numa aldeia perdida nos arredores de Santa Bárbara, só terá notícias por meio de três cartas, uma delas de Capó, na qual ele reprova sua atitude, reafirma-lhe sua amizade e lava as mãos, servirá para que a revista *Corazón de Hierro* tente entrar em contato com ele e o Ministério da Educação anote seu nome numa lista longa e inútil de possíveis membros quinta-colunistas do fascismo.

Sua próxima incursão nas páginas impressas data de 1947. São três poemas em que se amalgamam o lírico e o narrativo, a metáfora modernista e a metáfora surrealista; suas imagens são, por momentos, desconcertantes: González vê homens com armaduras, "merovíngios de outro planeta", caminharem por corredores de madeira intermináveis; vê mulheres louras dormirem ao relento perto de riachos de água podre; vê máquinas cuja função apenas intui e que se movem em noites cerradas em que a luz dos refletores é "semelhante a um diadema de caninos". Vê atos, que não descreve, que lhe causam pavor mas pelos quais se sente irresistivelmente atraído. Os poemas se passam não neste mundo mas num universo paralelo em que "a Vontade e o Medo são a mesma coisa".

No ano seguinte publica outros três poemas na revista *Corazón de Hierro*, que na época se transferiu para Punta Arenas. Os poemas insistem nos mesmos cenários e na mesma atmosfera dos anteriores, com ligeiras variações. Em carta a seu amigo Capó datada de 8 de março de 1947, González, entre as conhecidas queixas por sua situação de trabalho e os lamentos por sua situação de família, situa sua iluminação poética no verão de 1943. É nessa época que o visitam pela primeira vez os extraterrestres merovíngios. Mas o visitam num sonho ou é uma visita real? González não esclarece. Em carta a Capó, estende-se em considerações sobre o fenômeno da glossolalia, das epifanias, dos milagres das imagens no fundo de um túnel. Diz que trabalhou até o anoitecer em sua escolinha do campo, depois sentiu muito sono e muita fome e tentou se levantar e voltar para casa. Não conseguiu ou conseguiu só em parte, isso não está muito claro. Uma hora depois, acordou num terreno baldio ali perto, deitado na terra, de barriga para cima, numa noite estrelada como poucas e com todos os poemas, do início ao fim, dentro de sua cabeça. Capó, que junto com a carta leu a revista *Corazón de Hierro* enviada por González, responde aconselhando-o a pedir urgentemente sua transferência, pois nesses despovoados vai acabar enlouquecendo.

González lhe obedece no que se refere à transferência mas continua obstinado na exploração de sua veia poética particular. Os três poemas seguintes que publica (não na revista *Corazón de Hierro*, que na época já não existe, mas nas páginas do suplemento cultural de um jornal de Santiago) se despojaram das imagens surreais, dos lastros simbolistas, dos caprichos modernistas (escolas das quais González, convém notar, desconhecia virtualmente quase tudo). Agora seus versos são enxutos, suas imagens, nuas; também sofreram uma transformação as figuras recorrentes nos seis poemas anteriores: os guerreiros merovíngios se transformaram em robôs; as mulheres agônicas perto dos riachos de água fétida, em fluxos de pensamento; os tratores misteriosos que aravam o campo sem quê nem porquê, em naves secretas oriundas da Antártida ou em Milagres (assim, com maiúscula, como González escreve). E dessa vez se esboça uma figura à guisa de contraponto: a do próprio autor perdido nas imensidões da pátria, que observa as aparições como um notário das maravilhas, mas que em suma desconhece o porquê delas, sua fenomenologia, seu fim último.

Com grande esforço e à custa de infinitos sacrifícios González financia e publica, em 1955, uma plaquete com doze poemas, por uma gráfica de Cauquenes, capital da província de Maule, para onde o transferiram. O livrinho se chama *Doce* e a capa, obra do autor, merece uma descrição à parte por se tratar do primeiro dos inúmeros desenhos com que González ilustrava seus poemas e que só serão conhecidos depois de sua morte: as quatro letras da palavra "doze", com garras de águia na parte inferior, se prendem numa cruz gamada em chamas. Debaixo da suástica pode-se adivinhar um mar ondulado, como desenhado por uma criança. Debaixo do mar, entre as ondas, realmente vemos um *menino* que diz "mamãe, estou com medo". O pedaço que engloba a declaração do menino aparece desfocado. Debaixo da criança e do mar há riscos, borrões, que talvez sejam vulcões ou falhas de impressão.

Os doze novos poemas acrescentam novas figuras e novas paisagens aos nove anteriores. Aos robôs, fluxos de pensamento e naves devem se somar, agora, o Destino e a Vontade, encarnados por dois passageiros clandestinos escondidos nos porões da nave, a Máquina da Enfermidade, a Máquina da Linguagem, a Máquina da Memória (que está avariada desde o início dos Tempos), a Máquina da Virtualidade e a Máquina da Precisão. À única figura humana dos poemas anteriores (a do próprio González) agora se acrescenta a do Advogado da Crueldade, personagem estranho que às vezes fala como um matuto chileno (como os professores da escola primária *acreditavam* que os matutos falassem) e às vezes como a sibila ou como um harúspice grego. O cenário desses doze poemas é o mesmo dos anteriores: um descampado no meio da noite ou um teatro de magnitudes colossais instalado no coração do Chile.

A plaquete, apesar dos esforços de González, que se preocupa em enviá-la a diferentes jornais de Santiago e das províncias, passa completamente despercebida. Um folhetinista de Valparaíso faz uma resenha humorística com o título "Já temos um Júlio Verne no campo". Num jornal de esquerda ele é citado, junto com muitos outros, como exemplo da fascistização da vida cultural do país. Mas a verdade é que ninguém o lê, nem na esquerda nem na direita, e muito menos o apoia, salvo talvez Florencio Capó, que está longe e cuja amizade se ressentiu por causa do desenho da capa de *Doce*. Em Cauquenes duas papelarias exibem o livro durante um mês. Depois o devolvem ao autor.

Obstinadamente, González continua escrevendo e desenhando. Em 1959 envia a duas editoras de Santiago o manuscrito de um romance, que ambas recusam. Em carta a Capó, ele fala desse romance como de sua obra científica, o compêndio de seu conhecimento científico que ficará para a posteridade, embora seja público e notório que seus conhecimentos de física, astrofísica, química, biologia e astronomia são nulos. Uma nova transferência para um povoado perto de Valdivia piora ainda mais a sua já delicada saúde. Em junho de 1961 morre no Hospital Provincial de Valdivia, aos quarenta anos. É enterrado em vala comum.

Muitos anos depois, e graças aos esforços de Ezequiel Arancibia e Juan Herring Lazo, que conheciam o número de *Corazón de Hierro* no qual seus poemas foram publicados, empreendem-se uma busca e uma pesquisa séria sobre a obra de González. Felizmente, primeiro a viúva e depois uma de suas filhas conservaram a maior parte de seus papéis. Florencio Capó entregaria mais tarde, em 1976, as cartas que guardava do velho amigo.

Assim, em 1975 sai o primeiro volume de suas *Poesias completas* (350 páginas), editadas e anotadas por Arancibia.

Em 1977 aparece o segundo e último volume (480 páginas), em que se juntam as notas sobre o plano geral da obra, diagramado por González já em 1945, e os numerosíssimos e em mais de um sentido originais desenhos com que o autor ajudava a si mesmo a entender a avalanche de "revelações novíssimas que perturbam minha alma".

Em 1980 aparece o romance *O advogado da crueldade*, com a estranha dedicatória: *A meu amigo italiano, o soldado desconhecido, a vítima às gargalhadas*. O romance (150 páginas) convida o leitor a percorrê-lo na ponta dos pés: sem concessões à moda (embora no seu exílio em Maule dificilmente González pudesse estar a par das modas literárias), sem concessões ao leitor, sem concessões a si mesmo. Frio mas arrebatado e arrebatador, como o definiu Arancibia no prefácio.

Finalmente, em 1982 vem à luz num volumezinho de noventa páginas a totalidade de sua *Correspondência*. São cartas da época de seu noivado, cartas dirigidas a seu amigo Capó (o grosso do livro corresponde a esse destinatário) e cartas endereçadas a diretores de revista, colegas de trabalho, chefes no Ministério da Educação. Pouco nos dizem sobre sua obra e muito nos dizem sobre os sofrimentos por que passou.

Atualmente, num bairro perdido de Cauquenes e perto de uma praça sem árvores, na zona norte de Valdivia, existem, graças à iniciativa dos promotores e redatores da *Revista del Hemisferio Sur*, ruas que ostentam o nome de Pedro González Carrera. Poucos sabem quem elas homenageiam.

Andrés Cepeda Cepeda, chamado O *Donzel*
Arequipa, 1940 — Arequipa, 1986

Seus primeiros passos foram marcados pelo influxo benéfico de Marcos Ricardo Alarcón Chamiso, poeta e músico arequipenho, com quem costumava passar as tardes no restaurante La Góndola Andina escrevendo poesia a quatro mãos. Em 1960 publicou a plaquete O *destino da rua Pizarro*, cujo subtítulo As *portas infinitas* prefigura uma sucessão de "ruas Pizarro" de um lado a outro do continente, as quais, uma vez descobertas (pois em geral as "ruas Pizarro" permanecem ocultas), teriam a virtude de proporcionar um novo marco de *percepção americana*, em que a *vontade* e o *sonho* se fundiriam numa nova visão da realidade, num *despertar americano*. Os treze poemas de O *destino da rua Pizarro*, compostos em hendecassílabos um tanto confusos, deixaram a crítica indiferente: só Alarcón Chamiso fez uma resenha para o *Heraldo Arequipeño*, elogiando, acima de tudo, sua qualidade musical, o "mistério silábico que se escondia atrás do verbo ígneo" de seu autor.

Em 1962 passa a colaborar com a revista bimensal *Panorama* editada em Lima pelo famoso advogado e polemista Antonio

Sánchez Luján, a quem conhece durante um jantar-homenagem organizado pelo Rotary Clube de Arequipa. Nasce então O Donzel, *nom de plume* com que assina artigos que vão do ditirambo político à crítica de cinema ou literária. Em 1965 concilia seu trabalho na *Panorama* com uma coluna diária no jornal *Última Hora Peruana*, propriedade de Pedro Argote, magnata da farinha de peixe e compadre de Antonio Sánchez Luján. Ali Andrés Cepeda vive seus escassos momentos de glória: seus artigos, variados como os do dr. Johnson, provocam inimizades e rancores duradouros. Opina sobre qualquer tema, acredita ter soluções para tudo. Comete erros, é processado junto com o jornal, perde um a um todos os processos. Em 1968, em meio à voragem na qual se transformou sua vida em Lima, reedita *O destino da rua Pizarro*, acrescentando aos treze poemas originais cinco poemas de nova orientação, um trabalho que, como ele mesmo confessa em sua própria coluna ("O labor de um poeta"), lhe custou oito anos de árduos esforços. Dessa vez, e graças à fama do Donzel, sua coletânea de poemas não escapará aos ataques, cada um mais mordaz que o outro. Entre os adjetivos de seus críticos, destaquemos os seguintes: paleonazista, tarado, porta-bandeira da burguesia, títere do capitalismo, agente da CIA, poetastro de intenções imbecilizantes, plagiário de Eguren, plagiário de Salazar Bondy, plagiário de Saint-John Perse (acusação sustentada por um poeta muito moço, de San Marcos, e que por sua vez criou no ambiente universitário outra polêmica entre admiradores e detratores de Saint-John Perse), esbirro de sarjeta, profeta de meia-tigela, violador da língua espanhola, versejador de intenções satânicas, produto da educação caipira, rastaquera, *cholo* demente etc. etc.

E no entanto as diferenças entre a primeira e a segunda edições de *O destino da rua Pizarro* não são notáveis. Assinalemos algumas. A mais óbvia: a edição de Arequipa tem treze poemas e é dedicada a seu mestre Alarcón Chamiso; a de Lima tem dezoito poemas e nenhuma dedicatória. Dos treze poemas originais, só o oitavo, o 12º e o 13º têm retoques, ligeiras mudanças, alguns sinônimos (atoleiro em vez de dificuldade, juízo em vez de talante, miscelâneo em vez de diverso) que pouco variam o sentido original. Quanto aos cinco novos poemas, parecem saídos da mesma fôrma: hendecassílabos, um tom pretensamente enérgico, uma intencionalidade um tanto misteriosa, uma versificação regular, obtida às vezes na marra; nada original. Mas é o acréscimo desses cinco poemas que muda o sentido e aprofunda e ilumina a leitura dos treze anteriores. À luz desses últimos, o que antes era mistério, brumas, recorrências surradas a personagens mitológicos transforma-se em claridade, método, aposta e proposta transparente. E o que propõe O Donzel? Qual é sua aposta? A volta a uma idade do ferro que ele situa mais ou menos na época de Pizarro. O enfrentamento racial no Peru (embora ao dizer Peru, e isso talvez seja mais importante que sua teoria da luta de raças, liquidada aliás em dois versos, ele englobe Chile, Bolívia e Equador). O confronto posterior entre Peru e Argentina (a Argentina engloba o Uruguai e o Paraguai), no que ele denomina "luta de Castor e Pólux". O triunfo incerto. Talvez a derrota dos dois contendores que ele profetiza para o ano 33 do terceiro milênio. Nos três últimos versos chama a atenção, não sem esforço, para o nascimento de um menino louro nas ruínas de uma Lima sepulcral.

 A notoriedade do Cepeda poeta não durou mais de um mês. A carreira do Donzel foi mais longa, embora sua hora já tivesse passado. À luz crua dos processos por difamação perdidos seguiu-se sua demissão do *Última Hora Peruana*, que o ofereceu como vítima propiciatória para aplacar a ira de um industrial do setor cervejeiro de origem indígena e do secretário de certo ministro cuja inépcia publicamente reconhecida e aceita Cepeda criticava abertamente.

Não publicou mais livros.

Nos anos que lhe restavam viveu de suas colaborações para a *Panorama* e de serviços esporádicos no rádio. Também trabalhou ocasionalmente como revisor de jornais. No início teve a seu redor um pequeno grupo de admiradores, chamados "os Donzéis", que o tempo foi desagregando. Em 1982 voltou a Arequipa, onde montou uma pequena frutaria. Morreu de derrame cerebral na primavera de 1986.

LETRADAS E VIAJANTES

Irma Carrasco
Puebla, México, 1910 — México, DF, 1966

Poetisa mexicana de tendência mística e expressão arrebatada. Aos vinte anos publicou sua primeira coletânea de poemas, *A voz por ti murcha*, em que se percebe uma leitura voluntariosa, às vezes fanática, de Sor Juana Inés de la Cruz.

Seus pais e avós eram *porfiristas*; seu irmão mais velho, sacerdote, abraça o ideal *cristero** e morre fuzilado em 1928. Em 1933 aparece *O destino das mulheres*, em que Irma se confessa apaixonada por Deus, pela Vida e por um novo amanhecer mexicano a que chama indistintamente de *ressurreição, despertar, sonhar, apaixonar-se, perdoar* e *casar*.

De temperamento aberto, frequenta tanto os salões da boa sociedade mexicana como os cenáculos da nova arte, onde sua simpatia e franqueza logo conquistam os pintores e escritores revolucionários que a admitem maravilhados, apesar de conhecerem de sobra suas ideias conservadoras.

* *Porfiristas*: os partidários do ditador Porfirio Díaz, que depois de 25 anos no poder foi derrubado em 1911 pela revolução de Emiliano Zapata. *Cristeros*: os católicos que, aos gritos de "Viva Cristo-Rei", se revoltavam contra a separação da Igreja e do Estado, prevista na Constituição anticlerical de 1917. (N. T.)

Em 1934 publica *O paradoxo da nuvem*, quinze sonetos gongóricos, e *Retábulo de vulcões*, poemas íntimos e de certa forma precursores de um feminismo católico avant la lettre. Sua capacidade criativa é transbordante. Seu otimismo, contagioso. Sua personalidade é requintada. Seu aspecto físico transmite beleza e serenidade.

Em 1935, depois de um noivado de cinco meses, curto demais para a época, casa-se com Gabino Barreda, arquiteto oriundo de Hermosillo, no estado de Sonora, stalinista semiclandestino e notório dom-juan. Passam a lua de mel no deserto de Sonora, cuja solidão inspira tanto Irma Carrasco como Barreda.

Na volta instalam-se numa casa colonial de Coyoacán que Barreda transforma na primeira casa colonial com paredes de aço e vidro. Externamente formam um casal invejável: ambos são jovens e não lhes falta dinheiro, Barreda é o protótipo do arquiteto brilhante, idealista, com grandes projetos para as novas cidades do continente; Irma é o protótipo da mulher bonita, consciente de sua classe social, orgulhosa, orgulhosa mas inteligente e serena, o timão necessário para levar a bom porto um casal de artistas.

Não obstante, a vida real é outra história, que para Irma não exclui as decepções. Barreda a engana com coristas de quinta categoria. Barreda não é dado a tergiversações e a espanca quase todos os dias. Barreda costuma desprezá-la publicamente, a ela e sua família, a quem trata de "*cristeros* filhos da puta" ou "carne podre de paredão" diante de amigos e desconhecidos. De vez em quando, a vida real lembra muito um pesadelo.

Em 1937 viajam à Espanha. Barreda vai salvar a República. Irma vai salvar seu casamento. Em Madri, enquanto a aviação franquista bombardeia a cidade, Irma recebe, no quarto 304 do Hotel Splendor, a surra mais brutal de sua vida.

No dia seguinte, sem dizer nada ao marido, abandona a capital da Espanha com destino a Paris. Uma semana depois Barreda sai à sua procura, mas Irma já não está em Paris: passou para a *zona nacional*, e vive em Burgos, onde consegue a ajuda da madre superiora do convento das Carmelitas Descalças, parente distante de sua família.

Durante o resto da guerra sua vida é uma lenda. Dizem que foi enfermeira em postos de socorro da linha de frente, que encenou para os soldados, como autora e atriz, teatrinhos de marionetes de cunho moral, que conheceu e fez amizade com os poetas católicos colombianos Ignacio Zubieta e Jesús Fernández-Gómez, que o general Muñoz Grandes a viu e começou a chorar porque soube de imediato que ela nunca seria sua, que os jovens poetas falangistas a conheciam pelo carinhoso apelido de *Guadalupe* ou *O anjo das trincheiras*.

Em 1939 publica em Salamanca *O triunfo da virtude ou o triunfo de Deus*, plaquete com cinco poemas em que comemora em finos hemistíquios a vitória franquista. Em 1940, instalada em Madri, lança outro livro de poesias, *O regalo da Espanha*, e uma peça de teatro que não tardará a ser encenada com sucesso e depois será levada ao cinema: *A noite serena de Burgos*, texto que mexe com as vicissitudes felizes de uma noviça prestes a vestir o hábito. Em 1941 percorre a Europa numa turnê triunfal para promoção dos artistas espanhóis contratados pelo Ministério da Cultura alemão. Visita Roma e Grécia, Romênia (onde frequentará a casa do general Entrescu e conhecerá a noiva dele, a poetisa argentina Daniela de Montecristo, por quem sentirá uma aversão imediata: "Todas as evidências me levam a concluir que essa mulher é uma p...", escreverá em seu diário) e Hungria, anda de barco pelo Reno e pelo Danúbio, e seu talento obscurecido pela ausência de estímulos e pela falta ou excesso de amor renasce e volta a brilhar em todo o seu esplendor. Esse renascimento traz consigo os germes de um trabalho novo e apaixonado: o jornalismo. Escreve artigos, perfis de personagens políticos ou militares, descreve com detalhes vívidos e pitorescos as cidades que visita, dedica-se à moda de Paris e aos problemas e interesses da cúria do Vaticano. Suas crônicas são publicadas em revistas e jornais do México, da Argentina, da Bolívia e do Paraguai.

Em 1942 o México declara guerra às potências do Eixo e, mesmo achando que a medida é literalmente uma patacoada, ou na melhor das hipóteses uma brincadeira ridícula, Irma Carrasco é antes de tudo mexicana e resolve voltar para a Espanha e aguardar o desenrolar dos acontecimentos.

Em abril de 1946, um dia depois da estreia de sua peça *A lua em seus olhos*, no Teatro Principal de Madri, que tem um discreto êxito de crítica e de público, batem à porta de seu apartamento de Lavapiés, simples mas confortável, e surge em cena, de novo, Barreda.

Agora o arquiteto vive em Nova York e foi refazer seu casamento. Pede perdão de joelhos, promete e jura tudo aquilo que Irma Carrasco deseja ouvir. Os rescaldos do primeiro amor voltam a arder. O coração sensível da mexicana faz o resto.

Regressam aos Estados Unidos. De fato, Barreda tinha mudado. Durante a travessia desdobra-se em atenções e demonstrações de afeto. O navio que os levou da Espanha chega a Nova York. O apartamento de Barreda na Terceira Avenida está preparado expressamente para receber Irma. Por três meses vivem uma nova lua de mel. Em Nova York, Irma conhece instantes de grande felicidade. Decidem ter filhos o quanto antes, mas Irma não engravida.

Em 1947 o casal volta para o México. Barreda retoma o convívio diário com suas antigas amizades. Estas ou o ar do México o transformam novamente no temido Barreda anterior à reconciliação: sua personalidade se ofusca, ele volta à bebida e às coristas, já não ouve sua mulher; não fala com ela, logo chegam os primeiros maus-tratos verbais, e uma noite, depois de Irma defender diante de amigos a honradez e os êxitos do regime franquista, Barreda torna a espancá-la.

Ao primeiro acesso de violência matrimonial seguem-se, em cascata, novos e quase diários maus-tratos. Mas Irma está escrevendo e isso a salva. Aguenta surras, insultos, todo tipo de humilhações sem abandonar seus textos, reclusa num quarto de sua casa de Coyoacán enquanto Barredas se entrega ao álcool e às discussões intermináveis dentro do Partido Comunista Mexicano. Em 1948 termina a peça de teatro *Juan Diego*, obra estranha e sutil em que dois atores encarnam o índio guadalupense e seu anjo da guarda na passagem pelo Purgatório, uma travessia que pelo visto é eterna, pois o Purgatório, a autora parece querer nos dizer, é eterno. Depois da estreia, Salvador Novo felicita Irma nos camarins, beija sua mão, trocam salamaleques; Barreda, enquanto conversa ou finge conversar com os amigos, não tira os olhos de cima deles. Parece cada vez mais nervoso. Em sua visão, a figura de Irma adquire proporções gigantescas. Ele sua em bicas, gagueja. Até que perde definitivamente o controle da situação: aproxima-se aos safanões, xinga Novo e esbofeteia Irma repetidas vezes, diante da consternação dos presentes, que demoram mais que o devido para apartá-los.

Três dias depois, Barreda é preso junto com metade do comitê central do partido. Mais uma vez, Irma está livre.

Mas não abandona Barreda. Visita-o, leva-lhe livros de arquitetura e romances policiais, preocupa-se com sua boa alimentação, mantém conversas intermináveis com seu advogado, encarrega-se de seus negócios pendentes. Em Lecumberri, onde permanece seis meses, Barreda briga com os companheiros, que têm a oportunidade de comprovar pessoalmente como um temperamento desses pode ser insuportável num espaço reduzido. Salva-se por pouco de ser justiçado pelos próprios correligionários. Ao sair, larga o partido, abjura publicamente sua militância e parte com Irma para Nova York. Tudo leva a crer que, mais uma vez, iniciarão uma nova vida. Longe do México, Irma está confiante na recuperação da felicidade, da harmonia de seu casamento. Não é o que acontece: Barreda está ressentido e Irma é quem paga o pato. A vida em Nova York, onde haviam sido tão felizes, se transforma num inferno até que uma bela manhã Irma decide largar tudo e tomar o primeiro ônibus para, três dias depois, estar de volta ao México.

Não voltarão a se ver até 1952. Enquanto isso, Irma estreia outras duas peças de teatro, *Carlota, imperatriz do México* e *O milagre de Peralvillo*, ambas de cunho religioso. E publica seu primeiro romance, *A colina dos abutres*, reconstituição dos últimos dias de vida de seu único irmão, e que provoca opiniões contrárias na crítica mexicana. Segundo alguns, Irma propõe pura e simplesmente a volta ao México de 1899 como única forma de salvar um país à beira do desastre. Segundo outros, trata-se de um romance apocalíptico em que se vislumbram os desastres futuros da nação, que ninguém conseguirá impedir ou esconjurar. A colina dos abutres que dá título ao romance e que é o lugar onde morre fuzilado seu irmão, o padre Joaquín María, cujas reflexões e lembranças constituem o grosso da obra, representa a geografia futura do México, erma, desolada, cenário perfeito para novos crimes. O chefe do pelotão de fuzilamento, capitão Álvarez, representa o PRI, o partido governamental e timoneiro do desastre. Os soldados do pelotão são o povo mexicano enganado, descristianizado, que assiste impávido a seu próprio funeral. O jornalista de um jornal da Cidade do México representa os intelectuais mexicanos, vazios e ateus, interessados apenas no dinheiro. O velho cura disfarçado de camponês, que observa à distância o fuzilamento, simboliza a atitude da madre Igreja, cansada e atemorizada diante da violência dos homens. O caixeiro--viajante grego, Yorgos Karantonis, que se informa na aldeia a respeito do fuzilamento e sobe a colina por curiosidade, só para matar o tempo, encarna a esperança: Karantonis cai de joelhos, chorando, no momento em que o padre Joaquín María é crivado de balas. E por fim, as crianças que do outro lado da colina, de costas para o fuzilamento, brincam de jogar pedras umas nas outras representam o futuro do México, a guerra civil e a ignorância.

"O único sistema político em que creio de olhos fechados", diz numa entrevista para a revista feminina *Labores de Casa*, "é o teocrático, se bem que o generalíssimo Franco também não esteja se saindo mal."

O mundo literário mexicano, praticamente sem exceção, vira-lhe as costas.

Em 1953 ela e Barreda, que se tornou um arquiteto de renome, viajam pelo Oriente: Havaí, Japão, Filipinas, Índia servirão de inspiração para seus novos poemas, *A virgem da Ásia*, sonetos incisivos que remexem na ferida do mundo moderno. Dessa vez, a proposta de Irma é voltar à Espanha do século XVI.

Em 1955 é hospitalizada com várias fraturas e contusões múltiplas.

Barreda, que agora se confessa libertário, chega ao auge da fama: é um arquiteto reconhecido internacionalmente e em seu escritório se acumulam os projetos, demonstração de que ele é solicitado no mundo inteiro. Inversamente, Irma abandona a criação de peças de teatro e dedica-se à casa, à vida social, junto com o marido, e à trabalhosa execução de uma obra poética que só será conhecida depois de sua morte. Em 1960 Barreda tenta se divorciar pela primeira vez. Irma não aceita, utilizando para isso todos os recursos a seu alcance. Um ano depois Barreda a abandona definitivamente, deixando o assunto nas mãos de seus advogados. Estes pressionam Irma, ameaçam deixá-la sem dinheiro e fazer um escândalo público, apelam para seu bom senso e seu bom coração (a mulher com quem Barreda vive em Los Angeles está prestes a dar à luz), mas nada conseguem.

Em 1963 Barreda a visita pela última vez. Irma está doente e não é de todo impossível supor que o arquiteto sinta pena, ou curiosidade, ou algo do gênero.

Irma o recebe na sala, vestida com sua melhor roupa. Barreda chega acompanhado de seu filho de dois anos; lá fora, no carro, ficou sua mulher, uma americana grávida de seis meses, vinte anos mais nova que Irma. O encontro, o último que terão, é tenso e por vezes dramático. Barreda se interessa por sua saúde, inclusive por sua poesia. Você ainda escreve?, pergunta-lhe. Irma assente, grave. No início, o filho de Barreda a inquieta e inibe. Mas logo ela se impõe e adota um tom distante que aos poucos vai ficando mais irônico e sorrateiramente agressivo. Quando Barreda menciona os advogados e a necessidade do divórcio, Irma os encara (a ele e a seu filho) e volta a se negar categoricamente. Barreda não insiste. Venho como amigo, diz. Amigo, você? Irma está senhorial. Você não é meu amigo mas meu marido, declara. Barreda sorri. Os anos aplainaram as asperezas de seu temperamento, ou é isso que pretende aparentar, ou talvez se importe tão pouco com Irma que já nem é capaz de se aborrecer. O menino não se mexe. Irma, compadecida, lhe sugere timidamente que vá brincar no quintal. Quando ficam a sós Barreda fala da necessidade de que os meninos sejam criados no seio de um lar bem constituído. Você não entende nada disso, Irma retruca. É verdade, Barreda admite, não entendo nada disso. Bebem. Barreda, tequila Sauza. Irma, *rompope*. O menino brinca no quintal; a empregada de Irma, também quase uma menina, brinca com ele. Na penumbra da sala, Barreda bebe sua tequila e faz observações banais sobre o estado de conservação da casa, depois anuncia que tem de ir embora. Irma se levanta antes que ele o faça e com uma rapidez dos diabos volta a encher o copo dele. Brindemos, diz. A nós, diz Barreda, à boa sorte. Olham-se nos olhos. Barreda começa a se sentir constrangido. Irma torce os lábios numa careta que pode ser de desprezo ou crispação e joga no chão o copo de *rompope*. Este se espatifa e sobre a cerâmica branca se espalha o líquido amarelo. Barreda, que por um instante pensou que Irma ia atirar o copo na sua cara, olha para ela com surpresa e espanto. Bata em mim, diz-lhe Irma. Ande, me bata, me bata, e avança o torso para o ex-marido. Os gritos são cada vez mais fortes. No quintal, porém, o menino e a criada continuam brincando. Barreda os observa de soslaio: parecem imersos em outro tempo; não, em outra dimensão. Depois olha para Irma e por um segundo (que esquecerá imediatamente) tem uma vaga noção do horror. Ao ir embora, ao cruzar a porta da rua com seu filho no colo, ainda acredita ouvir os gritos abafados de Irma, que ficou sozinha na sala, de pé, alheia a tudo menos a seu último ato conjugal, surda a tudo menos à sua voz, que repete docemente um convite ou um exorcismo ou um poema, a parte sem rima do poema, mais curto que qualquer haicai de Tablada, de certo modo seu único poema experimental.

E já não há mais poemas nem mais copinhos de *rompope* mas um silêncio religioso e sepulcral até a morte.

Daniela de Montecristo
Buenos Aires, 1918 — Córdoba, Espanha, 1970

Mulher de beleza lendária e permanentemente cercada por uma aura de mistério, de seus primeiros anos na Europa (1938--47) se contam histórias muitas vezes contraditórias, quando não antagônicas. Dizem que foi amante de generais italianos e alemães (entre estes se menciona Wolff, o tristemente célebre chefe das SS na Itália); que se apaixonou por um general do Exército romeno, Eugenio Entrescu, sacrificado pelos próprios soldados em 1944; que escapou ao cerco de Budapeste disfarçada de freira espanhola; que perdeu uma mala cheia de poemas ao cruzar clandestinamente a fronteira austro-suíça em companhia de três criminosos de guerra; que foi recebida pelo papa em 1940 e em 1941; que um poeta uruguaio e outro colombiano se suicidaram por seu amor não correspondido; que na nádega esquerda tinha uma suástica preta tatuada...

Sua obra literária, descontando os poemas de juventude perdidos nos cumes gelados da Suíça e dos quais nunca mais se ouviu falar, compõe-se de um só livro de título um tanto épico: *As amazonas*, editado pela Pluma Argentina e com um prefácio da viúva de Mendiluce, que não se faz de rogada e é pródiga em elogios (em certo parágrafo compara, sem outro fundamento além da intuição feminina, os famosos poemas perdidos nos Alpes com a obra de Juana de Ibarbourou e Alfonsina Storni).

O livro explora de forma torrencial e anárquica todos os gêneros literários: o romance de amor e o de espionagem, as memórias, o teatro, inclusive o de vanguarda, a poesia, a história, o panfleto político. Seu tema gira em torno da vida da autora e de suas avós e bisavós, chegando vez por outra aos dias imediatamente posteriores à fundação de Assunção e de Buenos Aires.

Algumas páginas são originais, sobretudo quando ela descreve um Quarto Reich feminino com sede em Buenos Aires e campos de treinamento na Patagônia, ou quando, nostálgica e apoiada em conhecimentos pseudocientíficos, divaga a respeito da glândula que produz o sentimento amoroso.

DOIS ALEMÃES NO FIM DO MUNDO

Franz Zwickau
Caracas, 1946 — Caracas, 1971

Franz Zwickau passou pela vida e pela literatura como um torvelinho. Filho de imigrantes alemães, dominou à perfeição tanto a língua de seus pais como a língua de sua terra natal. As crônicas da época falam de um garoto talentoso e iconoclasta que se negou a crescer (Segundo José Heredia o definiu em certa ocasião como "o melhor poeta estudantil da Venezuela"); as fotos mostram um jovem alto, louro, com o corpo de atleta e o olhar de um assassino ou de um sonhador ou as duas coisas ao mesmo tempo.

Publicou dois livros de poesia. O primeiro, *Motoristas* (1965), é uma série de 25 sonetos de tendência e musicalidade um tanto heterodoxas, que versam sobre temas juvenis: motos, amores desesperados, o despertar sexual e a vontade de pureza. O segundo, *O filho dos criminosos de guerra* (1967), marca uma mudança substancial na poética de Zwickau e de certo modo na poesia venezuelana da época. Livro maldito, pavoroso, mal escrito (Zwickau tinha uma estranha teoria sobre a correção do poema, algo bastante singular em alguém que começou escrevendo sonetos), salpicado de impropérios, maldições, blasfêmias, detalhes autobiográficos absolutamente falsos, imputações caluniosas, pesadelos.

Alguns de seus poemas são memoráveis:

— "Diálogo com Herman Goering no Inferno", no qual o poeta, montado na moto preta de seus primeiros poemas, chega a um aeroporto abandonado da costa venezuelana, um lugar chamado Inferno, perto de Maracaibo, e encontra a sombra do marechal do Reich, com quem conversa sobre temas diversos: aviação, vertigem, destino, casas desabitadas, coragem, justiça, morte.

— "Campo de concentração", ao contrário, narra com humor e certas gotas de ternura sua infância, dos cinco aos dez anos, num bairro de classe média de Caracas.

— "Heimat" (350 versos) descreve numa curiosa mistura de espanhol e alemão — com algumas alocuções em russo, inglês, francês e iídiche — as partes íntimas de seu corpo com uma frieza de médico-legista ao trabalhar no necrotério na noite seguinte a uma chacina.

— "O filho dos criminosos de guerra", extenso poema que dá título ao livro, é um texto vibrante e desmedido em que Zwickau, que lamenta não ter nascido 25 anos antes, dá rédeas largas a sua capacidade verbal, seu ódio, seu humor, sua inexistente esperança na vida. Ali, em versos livres como poucas vezes se tinha visto na Venezuela, o autor põe em cena uma infância atroz, inenarrável, compara-se com um menino negro do Alabama de 1858, dança, canta, se masturba, levanta peso, sonha com uma Berlim fabulosa, recita Goethe, Jünger, ataca Montaigne e Pascal, que conhece bem, adota as vozes de um alpinista, de uma camponesa, de um tanqueiro alemão da Brigada Peiper morto nas Ardenas em dezembro de 1944, de um jornalista americano em Nuremberg.

A coletânea, desnecessário dizer, foi ignorada, para não dizer maldosamente escondida pela crítica, como de costume.

Por um breve período ele frequentou o círculo literário de Segundo José Heredia. De sua participação ativa na Comuna Ariana Naturalista sairia sua única obra em prosa, o curto romance *Camping Calabozo*, em que zomba inúmeras vezes de seu fundador (facilmente reconhecível no personagem de Camacho, o Rosenberg da Planície) e de seus discípulos, os Mestiços Puros.

Sua relação com o mundo literário nunca foi fácil. Só duas antologias de poesia venezuelana incluem seu nome: a publicada em 1966 por Alfredo Cuervo, *Novas vozes poéticas*, e a polêmica *Jovem poesia venezuelana 1960-70*, de Fanny Arespacochea.

Andando de moto, despencou num barranco da estrada de Los Teques a Caracas quando ainda não tinha completado 25 anos. Só postumamente se conheceram seus poemas escritos em alemão, *Meine kleine Gedichte*, uma coleção de 150 textos curtos que se passam num ambiente bucólico.

Willy Schürholz
Colônia Renacer, Chile, 1956 — Kampala, Uganda, 2029

A quarenta quilômetros de Temuco fica a Colônia Renacer. Aparentemente é mais um dos tantos latifúndios da região. Um olhar atento, porém, pode captar certas diferenças substanciais. Para começar, na Colônia Renacer funcionam uma escola, uma clínica, uma oficina mecânica e um sistema econômico autárquico que lhe permite dar as costas para o que os chilenos, talvez num excesso de otimismo, chamam "realidade chilena" ou "realidade" simplesmente. A Colônia Renacer é uma empresa rentável. Sua presença é inquietante: eles celebram suas festas em segredo, só eles, sem convidar as pessoas dos arredores, sejam ricos ou pobres. Seus mortos são enterrados em seu próprio cemitério. Finalmente, outra particularidade diferenciadora, talvez a mais insignificante mas também a que primeiro chamava a atenção dos raros visitantes ou de quem se aventurava até suas fronteiras, era a procedência de seus colonos: todos, sem exceção, alemães.

Trabalhavam coletivamente e de sol a sol. Não contratavam camponeses, não subarrendavam lotes de terra. Ao que parece, poderiam, num primeiro momento, passar por membros de uma das muitas seitas protestantes alemãs que emigraram para a América fugindo da intolerância e do serviço militar. Mas não eram uma seita religiosa e sua chegada ao Chile coincidiu com o fim da Segunda Guerra Mundial.

De tempos em tempos, suas atividades ou a bruma que encobria suas atividades eram notícia nos jornais nacionais. Falava-se de orgias pagãs, escravos sexuais e justiçamentos secretos. Testemunhas oculares não totalmente fiáveis juravam que no pátio principal não se içava a bandeira chilena mas o estandarte vermelho com o círculo branco e a cruz gamada negra. Também se dizia que ali tinham vivido, escondidos, Eichmann, Bormann, Mengele. Na verdade, o único criminoso de guerra que passou alguns anos na Colônia (dedicado de corpo e alma à horticultura) foi Walther Rauss. Houve depois quem quisesse ligá-lo a certas práticas de tortura durante os primeiros anos do regime de Pinochet. A verdade é que Rauss morreu de ataque cardíaco enquanto assistia pela televisão ao jogo de futebol que pôs frente a frente as duas Alemanhas durante a Copa de 1974 na República Federal.

Também se dizia que a endogamia praticada dentro da Colônia produzia crianças deformadas e imbecis. Gente da vizinhança falava de famílias albinas que dirigiam tratores de noite, e algumas fotos, provavelmente adulteradas, de revistas da época mostravam ao espantado leitor chileno pessoas muito pálidas e sérias entregues sem folga ao trabalho agrícola.

Depois do golpe de Estado de 1973 a Colônia deixou de ser notícia.

Willy Schürholz, o caçula de cinco irmãos, só aprendeu a falar espanhol corretamente aos dez anos. Até essa idade seu mundo foi o vasto mundo confinado pelas cercas de arame farpado da Colônia. A infância regida por uma disciplina familiar férrea, os trabalhos no campo e professores singulares, que juntavam, em partes iguais, o milenarismo nacional-socialista e a fé na ciência, forjaram um temperamento retraído, obstinado, com uma estranha confiança em si mesmo.

Por um acaso da vida, seus progenitores o enviaram a Santiago para estudar agronomia e ali não demorou a descobrir sua verdadeira vocação de poeta. Tinha todos os trunfos para fracassar estrepitosamente: já desde suas primeiras obras é possível detectar um estilo, uma linha estética que ele seguirá com poucas variações até o dia de sua morte. Schürholz é um poeta experimental.

Seus primeiros poemas são uma mescla de frases soltas e cartas topográficas da Colônia Renacer. Não têm título. São ininteligíveis. Não procuram a compreensão, muito menos a cumplicidade do leitor. Um crítico quis ver neles uma semelhança com o mapa do tesouro da infância perdida. Outro sugeriu maldosamente que se tratava dos mapas das sepulturas clandestinas. Seus amigos poetas vanguardistas, em geral opositores do regime militar, o apelidam carinhosamente de O *Portulano* até que descobrem que Schürholz professa ideias diametralmente contrárias às deles. Custam a descobrir. Schürholz é o extremo oposto de uma pessoa loquaz.

Sua vida em Santiago é de extrema pobreza e solidão. Não tem amigos, ninguém conhece nenhuma namorada dele, foge do convívio com as pessoas, o pouco dinheiro que ganha como tradutor de alemão vai para o pagamento do quarto de pensão e algumas refeições durante o mês. Alimenta-se de pão integral.

Sua segunda série de poemas, que ele exibe numa sala da Faculdade de Letras da Universidade Católica, é uma série de mapas enormes que custam a ser decifrados, com versos escritos em cuidadosa caligrafia de adolescente e indicações adicionais para a localização e o uso dos mapas. A obra é um galimatias. Segundo um professor de literatura italiana interessado no tema, trata-se de mapas dos campos de concentração de Terezin, Mauthausen, Auschwitz, Bergen-Belsen, Buchenwald e Dachau. O evento poético se estende por quatro dias (ia durar uma semana) e passa despercebido do grande público. Entre os que o viram e o compreenderam, as opiniões se dividem: uns dizem que é uma crítica ao regime militar; outros, influenciados pelos antigos vanguardistas amigos de Schürholz, acreditam que se trata de uma proposta séria e criminosa de reinstaurar no Chile os campos desaparecidos. O escândalo, embora muito reduzido, quase secreto, é suficiente para conferir a Schürholz a aura negra de poeta maldito que o acompanhará pelo resto de seus dias.

A revista *Pensamiento e Historia* publica dois de seus textos e mapas menos comprometedores. Em certos círculos ele é considerado o único discípulo do enigmático e desaparecido Ramírez Hoffman, embora o jovem da Colônia Renacer não possua o descomedimento daquele: sua arte é sistemática, monotemática, concreta.

Em 1980, apoiado pela revista *Pensamiento e Historia*, publica seu primeiro livro. Füchler, diretor da revista, tenta escrever o prefácio. Schürholz o rejeita. O livro se chama *Geometria* e apresenta as inúmeras variantes de uma cerca de arame farpado sobre um espaço vazio mal e mal pespontado por versos sem fios aparentes. As vistas aéreas das cercas são precisas e elegantes. Os textos falam — sussurram — da dor abstrata, do sol, da dor de cabeça.

Os livros seguintes se intitulam *Geometria II*, *Geometria III* etc. Todos insistem no mesmo tema: mapas de campos de concentração sobrepostos ao mapa da Colônia Renacer ou ao mapa de uma cidade específica (Stutthof e Valparaíso, Maidanek e Concepción) ou instalados num espaço bucólico e vazio. Com os anos, a parte puramente textual vai adquirindo consistência e clareza. As frases desalinhavadas se transformam em fragmentos de conversas sobre o tempo, a paisagem, em trechos de peças teatrais nas quais aparentemente nada acontece a não ser o passar dos anos, seu lento transcorrer.

Em 1985, sua fama até então restrita aos vastos círculos pictórico-literários chilenos é catapultada, graças ao apoio de um grupo de empresários chilenos e americanos, aos pincaros da popularidade. Auxiliado por um conjunto de escavadoras, ele sulca no deserto do Atacama o mapa do campo de concentração ideal: uma rede imbricada que, ao ser seguida rente ao deserto, parece uma sucessão funesta de linhas retas, mas que, ao ser observada de voo de helicóptero ou de avião, se transforma num jogo gracioso de linhas curvas. A parte literária é consignada com as cinco vogais gravadas pessoalmente pelo poeta, a golpes de enxada e enxadão, e espalhadas de forma arbitrária sobre a crosta da superfície do terreno. O evento logo se torna a sensação do verão cultural chileno.

A experiência, com algumas variantes significativas, se repete no deserto do Arizona e num trigal do Colorado. Seus promotores, entusiasmados, lhe oferecem uma avioneta para realizar um campo de concentração no céu, mas Schürholz se nega: seus campos ideais *devem* ser observados do céu, mas só podem ser desenhados na terra. Mais uma vez, perdeu-se a chance de emular e superar Ramírez Hoffman.

Logo descobrem que Schürholz não compete com ninguém nem procura fazer carreira. Numa entrevista para uma rede de televisão de Nova York, parece um palerma. Balbuciante, afirma não saber nem uma palavra de artes plásticas; espera algum dia aprender a escrever. Sua humildade, de início atraente, não demora a se tornar repugnante.

Em 1990, para surpresa de seus fãs, publica um livro de histórias infantis com o inútil pseudônimo de Gaspar Hauser. Em poucos dias todos os críticos sabem que Gaspar Hauser é Willy Schürholz e os contos infantis são vistos com displicência ou dissecados sem compaixão. Em seus contos, Hauser-Schürholz idealiza uma infância suspeitamente afásica, amnésica, obediente, silenciosa. Seu objetivo parece ser a invisibilidade. Apesar das críticas, o livro é um sucesso de vendas. O personagem principal de Schürholz, *o menino sem nome*, se transforma no novo Papelucho* da literatura infantil e juvenil chilena.

Pouco depois, em meio a protestos de alguns setores da esquerda, oferecem-lhe o cargo de adido cultural na embaixada chilena em Angola, que Schürholz aceita. Na África encontra o que procurava, um recipiente exato para sua alma. Nunca mais voltará ao Chile. Viverá o resto de seus dias trabalhando como fotógrafo e guia para turistas alemães.

---

* Criado em 1947 pela escritora Marcela Paz, Papelucho é um menino de nove anos, travesso, engenhoso e divertido, e desde então o personagem mais popular da literatura infantil chilena. (N. T.)

VISÃO, FICÇÃO CIENTÍFICA

J. M. S. Hill
Topeka, 1905 — Nova York, 1936

Um Quantrill que atravessa o Kansas à frente de quinhentos cavaleiros, bandeiras com uma espécie de cruz gamada primitiva e premonitória, rebeldes que nunca se rendem, um plano para chegar ao Grande Lago do Urso, através de Kansas, Nebraska, Dakota do Sul, Dakota do Norte, Saskatchewan, Alberta e o Território do Noroeste, um filósofo sulista cuja quimera é criar uma República Ideal nos arredores do Círculo Polar Ártico, uma expedição que se desfaz pelo caminho, acuada pelos homens e pela natureza, e por fim doze cavaleiros exaustos que chegam ao Grande Lago do Urso e desabam... Este poderia ser um resumo da trama do primeiro romance publicado por J. M. S. Hill em 1924 na Coleção Contos Fantásticos.

Desde então e até sua morte precoce, doze anos mais tarde, serão publicados mais de trinta romances e mais de cinquenta contos.

Seus personagens costumam ser tirados da Guerra Civil e às vezes têm até os mesmos nomes (o general Ewell, o explorador perdido Early em *A saga de Early*, o jovem Jeb Stuart em *O mundo das serpentes*, o jornalista Lee); suas histórias se passam num presente distorcido em que nada é o que parece ser, ou num futuro distante de cidades abandonadas e em ruínas, de paisagens silenciosas e inquietantes que lembram em muitos aspectos as do Meio-Oeste americano. Suas histórias são pródigas em heróis predestinados, cientistas loucos, clãs ou tribos escondidas que a certa altura devem emergir e lutar contra outras tribos escondidas, sociedades secretas de homens vestidos de preto que se reúnem em ranchos perdidos nos prados, detetives particulares que devem procurar pessoas perdidas em outros planetas, crianças roubadas e criadas por raças inferiores para que na idade adulta assumam o controle da tribo e a guiem rumo ao sacrifício, animais escondidos e de apetite insaciável, plantas mutantes, planetas invisíveis que de repente se tornam visíveis, adolescentes oferecidas em sacrifícios humanos, cidades de gelo habitadas por uma só pessoa, caubóis que são visitados por anjos, enormes movimentos migratórios que em sua passagem a tudo destroem, labirintos subterrâneos onde pululam monges guerreiros, complôs para matar o presidente dos Estados Unidos, naves espaciais que abandonam uma Terra em chamas e colonizam Júpiter, sociedades de assassinos telepatas, meninos que crescem sozinhos em grandes pátios escuros e frios.

Sua literatura não é pretensiosa. Seus personagens falam como certamente se falava em Topeka em 1918. A ocasional falta de rigor verbal é compensada pelo imenso entusiasmo.

J. M. S. Hill foi o último dos quatro filhos de um sacerdote da Igreja episcopal e de uma mãe carinhosa e sonhadora que em solteira trabalhou na bilheteria de um dos cinemas de sua cidade natal. Viveu sozinho quase toda a sua existência. Só se soube de uma paixão, infeliz, em sua vida. Em suas parcas declarações pessoais, dizia que antes de tudo era um profissional da escrita. Na intimidade, gabava-se de ter criado parte dos apetrechos e do vestuário do nazismo alemão, se bem que os nazistas, com toda certeza, não chegaram tão longe.

Seus romances estão povoados de heróis e titãs. Suas paisagens são devastadas, imensas e frias. Cultivou o gênero do faroeste e o dos detetives, mas suas melhores obras pertencem à ficção científica. No entanto, é frequente encontrar em seus romances a mistura dos três gêneros. Desde os 25 anos viveu num pequeno apartamento de Nova York, onde morreu seis anos depois. Entre seus pertences foi encontrado um romance inacabado de tema pseudo-histórico, *A queda de Troia*, que só seria editado em 1954.

Zach Sodenstern
Los Angeles, 1962 — Los Angeles, 2021

Escritor de ficção científica de grande sucesso, Zach Sodenstern é o criador da saga de Gunther O'Connell e da saga do Quarto Reich, e da saga de Gunther O'Connell e o Quarto Reich, quando as duas sagas se fundem numa só ou quando Gunther O'Connell, um pilantra e posteriormente líder político da Costa Oeste, consegue penetrar no mundo subterrâneo do Quarto Reich do Meio-Oeste americano.

Mais de dez romances sustentam as duas primeiras sagas, e três, um deles inacabado, a terceira e última. Alguns desses relatos são verdadeiramente notáveis. *Uma casinha em Napa* (início da saga de Gunther O'Connell, 1987) descreve em linguagem seca um mundo descomunal: o da hiperviolência infantil e juvenil, sem dar lições de moral nem propor soluções para o problema. Aparentemente o romance é uma sucessão, só interrompida pela palavra "fim", de situações desagradáveis e agressivas. À primeira vista não parece um romance de ficção científica. Só os sonhos e as visões do adolescente Gunther O'Connell lhe conferem certo verniz profético e fantástico. Em suas páginas não há voos espaciais nem robôs nem antecipações científicas; pelo contrário, a sociedade que descreve parece ter recuado na escala da civilização.

Candace (1990) é o segundo título da saga de Gunther O'Connell. O adolescente se tornou um homem de 25 anos decidido a mudar sua vida e a vida dos outros. O romance conta as peripécias de Gunther O'Connell como peão de obra, seu amor por uma mulher chamada Candace, um pouco mais velha e casada com um policial corrupto. Nas primeiras páginas aparece o cachorro de O'Connell, um pastor-alemão mutante e vagabundo, com poderes telepáticos e tendências nazistas, e nas últimas cinquenta páginas o leitor compreende que na Califórnia ocorreu um grande terremoto e que nos Estados Unidos houve um golpe de Estado.

Revolução e *A catedral de vidro* são os títulos do terceiro e quarto episódios da saga. Em *Revolução* basicamente se registram os diálogos de O'Connell com seu cão Flip e algumas aventuras marginais e superviolentas durante o desabamento em Los Angeles. *A catedral de vidro* é um relato sobre Deus, os pregadores fundamentalistas e o sentido último da vida. Sodenstern pinta O'Connell como um homem sereno mas ensimesmado, que carrega a caveira de seu grande amor (Candace, assassinada pelo marido no segundo romance do ciclo) num saquinho permanentemente preso à cintura, nostálgico dos programas de televisão (que recorda com uma fidelidade suspcita) e tendo como único amigo seu cão. Este, por seu lado, conquistou um protagonismo cada vez maior: as aventuras de Flip e os pensamentos de Flip constituem sub-romances dentro do romance.

Os cefalópodos e *Guerreiros do Sul* fecham a saga de O'Connell. No primeiro, registram-se a viagem e as aventuras posteriores de O'Connell e de Flip em San Francisco (dominado inteiramente por homossexuais e lésbicas). Em *Guerreiros do Sul* narra-se o choque entre os sobreviventes da Califórnia e uma massa de milhões de mexicanos famintos que marcham do Sul devorando tudo pelo caminho. O romance lembra, aqui e ali, a luta entre romanos e bárbaros nos limites do Império.

O controle dos mapas inicia a saga do Quarto Reich. O romance, cheio de apêndices, mapas, índices onomásticos incompreensíveis, propõe ser um texto interativo, embora o leitor sensato mal utilize essa variante de leitura. A ação se passa basicamente em Denver e em outras cidades do Meio-Oeste. Não há um personagem principal. Quando não parece um caos, assemelha-se a uma antologia de contos toscamente alinhavados uns aos outros. *Nosso amigo B* e *As ruínas de Pueblo* seguem a mesma tônica. Os personagens são designados por uma letra ou um número, os textos parecem não um puzzle desordenado mas *um fragmento* de um puzzle desordenado. *O Quarto Reich de Denver*, embora apresentado e vendido como romance, é na verdade um guia para ler os três títulos anteriores. *Os simbas*, último título antes de se fundirem a saga do Quarto Reich e a saga de Gunther O'Connell, é um manifesto disfarçado contra negros, judeus e hispânicos, que sofreu leituras diversas e contraditórias.

Considerado um autor cult e com vários romances adaptados para o cinema, Sodenstern relata em suas três últimas obras a viagem iniciática de Gunther O'Connell até os territórios do centro do continente americano e o encontro posterior com os misteriosos dirigentes do Quarto Reich. *Os gângsteres-morcegos* narra a passagem de O'Connell e Flip pelas Montanhas Rochosas. *Anita* relata o reencontro amoroso entre um O'Connell já velho e uma réplica adolescente de sua ex-namorada Candace, e que na verdade constitui uma paráfrase da situação sentimental de Sodenstern naquele momento, apaixonado como um adolescente por uma jovem estudante da Universidade de Los Angeles. *A* narra a incursão final de O'Connell ao interior do Quarto Reich e sua eleição como líder de seus membros.

Nos planos de Sodenstern, a saga de O'Connell e do Quarto Reich constaria de cinco romances. Dos dois últimos só foram encontrados esboços, papéis com listas indecifráveis. O quarto ia se chamar A *chegada* e trataria da longa vigília de O'Connell, Anita, Flip e dos membros do Quarto Reich à espera do nascimento de um novo Messias. O último, sem título, provavelmente desenvolveria as consequências mundiais do aparecimento do Messias. Numa nota avulsa em seu computador Sodenstern sugere que o novo Messias poderia ser o filho de Flip, mas tudo leva a crer que era uma anotação sem maior importância.

Gustavo Borda
Cidade da Guatemala, 1954 — Los Angeles, 2016

O maior e mais desafortunado dos autores guatemaltecos de ficção científica teve uma infância e uma adolescência camponesas. Filho do capataz da estância Los Laureles, a biblioteca dos patrões de seu pai lhe proporcionou as primeiras leituras e as primeiras humilhações. Ambas, leituras e humilhações, não diminuiriam ao longo de sua vida.

Gostava de mulheres louras e seu apetite era insaciável, lendário, fonte de mil brincadeiras e piadas pesadas. Propenso ao amor e ao amor-próprio, sua vida foi certamente um rosário de humilhações que ele soube suportar com a integridade de uma fera ferida. Abundam as anedotas californianas (na mesma medida em que escasseiam as anedotas guatemaltecas, embora na Guatemala tenha chegado a ser considerado, se bem que não por muito tempo, o escritor nacional): dizem que era o branco predileto de todos os sádicos de Hollywood; que se apaixonou por no mínimo cinco atrizes, quatro secretárias, sete camareiras e que por todas foi rejeitado com graves danos para sua dignidade pessoal; que em mais de uma ocasião apanhou brutalmente dos irmãos, dos amigos ou dos namorados das mulheres por quem se apaixonava; que seus amigos gostavam de fazê-lo beber até cair e depois o deixavam estirado em qualquer lugar; que foi roubado por seu agente literário, por seu caseiro, por seu vizinho (o roteirista e escritor mexicano de ficção científica Alfredo de María); que sua presença em reuniões e congressos de escritores americanos de ficção científica era alvo dos sarcasmos, do desprezo (Borda, ao contrário da maioria de seus colegas, não tinha os mais elementares conhecimentos científicos; sua ignorância no campo da astronomia, astrofísica, física quântica e informática era proverbial) e do deboche; que sua simples existência, enfim, costumava fazer aflorar de imediato os instintos mais baixos e mais recônditos das pessoas que por essa ou aquela razão cruzaram com ele na vida.

Não se sabe ao certo, porém, o que de fato o desmoralizava. Em seus *Diários* ele joga a culpa de tudo nos judeus e nos agiotas.

Gustavo Borda media, e olhe lá, 1,55 metro, era moreno, de cabelo preto e liso e dentes enormes e alvíssimos. Seus personagens, ao contrário, são altos, louros, de olhos azuis. As naves espaciais que aparecem em seus romances têm nomes alemães. Seus tripulantes também são alemães. As colônias espaciais se chamam Nova Berlim, Nova Hamburgo, Nova Frankfurt, Nova Koenigsberg. E sua polícia cósmica se veste e se comporta como seguramente teriam se vestido e comportado as SS caso houvessem sobrevivido até o século XXII.

Aliás, seus temas sempre foram convencionais: jovens que empreendem uma viagem iniciática, meninos perdidos na imensidão do cosmo e que encontram velhos navegantes cheios de sabedoria, histórias fáusticas de pactos com o diabo, planetas onde é possível encontrar a fonte da eterna juventude, civilizações perdidas que continuam subsistindo de forma secreta...

Viveu na Cidade da Guatemala e no México, onde exerceu ocupações de todo tipo. Seus primeiros livros passaram totalmente despercebidos.

Depois da tradução para o inglês de seu quarto romance, *Crimes sem solução em Cidade-Força*, tornou-se escritor profissional e se mudou para Los Angeles, cidade que nunca mais abandonaria.

Em certa ocasião, questionado por que suas histórias tinham esse componente germânico tão estranho num autor centro-americano, respondeu: "Fizeram-me tantas safadezas, cuspiram tanto em mim, enganaram-me tantas vezes que a única maneira de continuar vivendo e continuar escrevendo era me transferir espiritualmente para um lugar ideal... A meu modo, sou como uma mulher num corpo de homem...".

MAGOS, MERCENÁRIOS, MISERÁVEIS

Segundo José Heredia
Caracas, 1927 — Caracas, 2004

Homem de temperamento impulsivo e sanguíneo, em sua juventude recebeu o apelido de *Sócrates* porque adorava discutir interminavelmente sobre os mais variados temas. Preferia se comparar com Richard Burton e T. E. Lawrence. Escreveu, como esses, três romances de aventuras: *O sargento P* (1955), história de um ex-combatente das Waffen ss perdido na selva venezuelana, onde se dedica a ajudar uma missão de religiosas em permanente conflito com o governo, os índios e os aventureiros que moram na região; *Sinais noturnos* (1956), romance sobre os primórdios da aviação na Venezuela e para cuja redação aprendeu não só a pilotar uma avioneta como também a saltar de paraquedas, e *A confissão da Rosa* (1958), em que a aventura se priva dos grandes espaços da pátria e se concentra dentro de um sanatório de doentes mentais e até mesmo dentro das cabeças dos pacientes, com uso abundante do monólogo interior, de pontos de vista diversos e de um jargão médico-detetivesco fartamente aplaudido na época.

Nos anos seguintes deu várias vezes a volta ao mundo, dirigiu dois filmes e se cercou de um grupo de jovens caraquenhos interessados em literatura, com quem fundou a revista *Segundo Round*, publicação bimensal que se dedicava tanto às belas-artes como a certos esportes (alpinismo, boxe, rúgbi, futebol, hipismo, beisebol, atletismo, natação, caça e pesca), sempre tratados de um ponto de vista literário e aventureiro pelos melhores redatores que Segundo José Heredia conseguiu reunir.

Em 1970 publica seu quarto e último romance, considerado por ele mesmo sua obra-prima: *Saturnal*, a história de dois jovens amigos que durante uma semana de viagem pela França presenciam os atos mais atrozes de suas vidas sem saber com absoluta certeza se se trata de um sonho ou da realidade. O romance está repleto de estupros, cenas de sadismo sexual e sadismo nas relações de trabalho, incestos, empalamentos, sacrifícios humanos em prisões onde a lotação chegou ao limite, assassinatos complicadíssimos na linha de Conan Doyle, descrições coloridas e veristas de cada um dos bairros de Paris, além de um dos retratos femininos, o de Elisenda, a antagonista dos dois jovens, mais bem-feitos e assustadores da narrativa venezuelana da segunda metade do século xx.

Saturnal, cuja venda por certo tempo foi proibida na Venezuela, teve duas reedições em diferentes editoras sul-americanas e depois caiu num esquecimento do qual seu autor não quis resgatá-lo.

Nos anos 1960 fundou uma Comuna Ariana Naturalista ("nudista", segundo seus detratores) de existência efêmera, nos arredores de Calabozo, no estado de Guárico.

Nos últimos anos mal e mal se conferia alguma importância à sua vida, e nenhuma à sua obra literária.

Amado Couto
Juiz de Fora, Brasil, 1948 — Paris, 1989

Couto escreveu um livro de contos que nenhuma editora aceitou. O livro se perdeu. Depois foi trabalhar nos Esquadrões da Morte e sequestrou e ajudou a torturar e viu como matavam certas pessoas, mas ele continuava pensando na literatura e mais exatamente no que era necessário à literatura brasileira. Era necessário vanguarda, letras experimentais, dinamite, mas não como os irmãos Campos, para ele uns chatos, uma dupla de professoraços desnatados, nem como Osman Lins, que ele achava francamente ilegível (então por que publicavam Osman Lins e não os seus contos?), e sim algo moderno mas puxando para o seu terreno, algo policialesco (mas brasileiro, não americano), um continuador de Rubem Fonseca, para sermos claros. Este escrevia bem, embora dissessem que era um filho da puta, o que ele não achava. Um dia, enquanto esperava dentro de um carro num descampado, pensou que não seria má ideia sequestrar e fazer alguma coisa com Fonseca. Disse isso a seus chefes, que o ouviram. Mas a ideia não prosperou. Meter Fonseca no centro de um verdadeiro romance anuviou e iluminou os sonhos de

Couto. Os chefes tinham chefes e em algum elo da corrente o nome de Fonseca se evaporava, deixava de existir, mas em sua corrente particular o nome de Fonseca era cada vez maior, mais prestigioso, mais aberto e receptivo à sua *entrada*, como se a palavra "Fonseca" fosse uma ferida e a palavra "Couto", uma arma. Assim, leu Fonseca, leu a ferida até que esta começou a supurar, e depois adoeceu e seus colegas o levaram para o hospital e dizem que ele delirou: viu o grande romance policial brasileiro num pavilhão de hepatologia, viu-o em detalhes, com trama, nó e desenlace, e teve a impressão de que estava no deserto do Egito e que se aproximava como uma onda (ele *era* uma onda) das pirâmides em construção. Escreveu, pois, o romance e o publicou. O romance se chamava *Nada a declarar* e era um romance policial. O herói se chamava Paulinho e às vezes era motorista de certos senhores e outras vezes era um detetive e outras um esqueleto que fumava num corredor ouvindo gritos distantes, um esqueleto que entrava em todas as casas (em todas não, só nas casas da classe média ou dos pobres ilustres desconhecidos) mas nunca se aproximava demais das pessoas. Publicou o romance na Editora Pistola Negra, que editava policiais americanos, franceses e brasileiros, ultimamente mais brasileiros porque o dinheiro para pagar direitos autorais andava curto. E seus colegas leram o romance e quase ninguém o entendeu. Na época já não saíam de carro juntos nem sequestravam nem torturavam embora alguns ainda matassem. Tenho que me desgrudar dessa gente e ser escritor, Couto escreveu em algum lugar. Mas era difícil. Uma vez tentou ver Fonseca. Segundo Couto, olharam-se. Como ele está velho, pensou, já não é Mandrake nem é ninguém, mas teria trocado de identidade com ele, mesmo se fosse só por uma semana. Também pensou que o olhar de Fonseca era mais duro que o seu. Eu vivo entre piranhas, escreveu, mas *don* Rubem Fonseca vive num aquário de tubarões metafísicos. Escreveu-

-lhe uma carta. Não recebeu resposta. Portanto, escreveu outro romance, A *última palavra*, que a Pistola Negra publicou e que novamente girava em torno de Paulinho, e no fundo era como se Couto se despisse diante de Fonseca sem nenhum pudor, como se lhe dissesse aqui estou eu, só, carregando minhas piranhas, enquanto meus colegas percorrem as ruas do centro, de madrugada, como os bichos-papões que pegam crianças, o mistério da escrita. E embora provavelmente soubesse que Fonseca jamais leria seus romances, continuou escrevendo. Em A *última palavra* apareciam mais esqueletos. Paulinho já era um esqueleto quase todo dia. Seus clientes eram esqueletos. As pessoas com quem Paulinho conversava, trepava, comia (embora em geral comesse sozinho) também eram esqueletos. E no terceiro romance, A *mudinha*, as principais cidades brasileiras eram como enormes esqueletos, e os povoados também eram como pequenos esqueletos, esqueletos infantis, e às vezes até as palavras tinham se metamorfoseado em ossos. E parou de escrever. Alguém lhe disse que seus colegas da ronda estavam desaparecendo, invadiu-o o medo, isto é, mais medo ainda invadiu seu corpo. Tentou voltar atrás em seus passos, encontrar caras conhecidas, mas enquanto estivera escrevendo tudo havia mudado. Alguns desconhecidos começavam a falar de seus romances. Um deles poderia ter sido Fonseca, mas não foi. Tive-o em minhas mãos, anotou em seu diário antes de desaparecer como um sonho. Depois foi para Paris e ali se enforcou num quarto do Hotel La Grèce.

Carlos Hevia
Montevidéu, 1940 — Montevidéu, 2006

Autor de uma biografia monumental e volta e meia mistificadora de San Martín na qual, entre outras coisas, diz que ele era uruguaio. Também escreveu contos, reunidos no volume *Os mares e os escritórios*, e dois romances, *O prêmio de Jasão*, uma fábula que propõe que a vida na Terra é o resultado de um fracassado concurso televisivo intergaláctico, e *Montevideanos e portenhos*, romance de amigos e de exaustivas conversas de madrugada.

Sua vida esteve ligada ao jornalismo televisivo, no qual ocupou cargos subalternos e, ocasionalmente, o de redator-chefe.

Viveu alguns anos em Paris, onde conheceu as teorias da *Revista de História Contemporânea*, que o marcariam definitivamente. Foi amigo e tradutor do filósofo francês Étienne de Saint-Étienne.

Harry Sibelius
Richmond, 1949 — Richmond, 2014

A leitura de Norman Spinrad e de Philip K. Dick e talvez a reflexão posterior sobre um conto de Borges levaram Harry Sibelius a escrever uma das obras mais complicadas, densas e possivelmente inúteis de seu tempo. O romance, pois se trata de um romance, e não de um livro de história, é aparentemente simples. Parte do seguinte pressuposto: a Alemanha, aliada à Itália, à Espanha e à França de Vichy, vence a Inglaterra no outono de 1941. No verão do ano seguinte é lançado um ataque de 4 milhões de soldados contra a União Soviética. Esta capitula em 1944, com exceção de alguns redutos siberianos que prosseguem uma guerra de baixa intensidade. Na primavera de 1946 tropas europeias pelo leste e japonesas pelo oeste atacam os Estados Unidos. No inverno de 1946 caem Nova York, Boston, Washington, Richmond, San Francisco, Los Angeles; a infantaria e os *Panzer* alemães cruzam os Apalaches; os canadenses recuam para o interior do país; o governo dos Estados Unidos se instala em Kansas City e paira a derrota em todas as frentes de batalha. Em 1948 se dá a capitulação. O Alasca, uma parte da Califórnia e uma parte do México passam para o Japão. O resto forma a América ocupada pela Alemanha. Tudo o que se disse acima Harry Sibelius explica, entediado, nas dez primeiras páginas. Essa introdução (na verdade uma espécie de *datas-chave* para situar rapidamente o leitor na história) se intitula "Voo de pássaro". A partir daí começa o romance, *O verdadeiro filho de Jó*, 1333 páginas, espelho negro de *A Europa de Hitler*, de Arnold J. Toynbee.

O livro se estrutura tendo como modelo a obra do historiador inglês. A segunda introdução (na realidade, o verdadeiro prefácio) se intitula "A inapreensibilidade da História", exatamente igual ao prefácio de Toynbee, cuja frase "A visão do historiador é condicionada sempre e em qualquer lugar por sua própria localização no tempo e no espaço; e como o tempo e o espaço estão mudando continuamente, nenhuma história, no sentido subjetivo do termo, jamais poderá ser um relato permanente que narre tudo, de uma vez e para sempre, de tal modo que seja aceitável para os leitores de todas as épocas, e em todas as partes da Terra" constitui um dos motivos de reflexão explorados no prefácio de Sibelius; suas intenções, é claro, diferem das de Toynbee. O professor britânico trabalha, em última análise, para que o crime e a ignomínia não caiam no esquecimento. O romancista da Virgínia parece crer, por instantes, que em algum lugar "do tempo e do espaço" aquele crime se firmou como vitorioso e, portanto, cabe inventariá-lo.

A Primeira Parte do livro de Toynbee se chama "A estrutura política da Europa de Hitler"; a de Sibelius, "A estrutura política da América de Hitler". Ambas constam de seis capítulos, mas o que em Toynbee é a realidade em Sibelius é um reflexo distorcido em meio a um caos de histórias. Seus personagens, que parecem saídos diretamente ora de um romance russo (*Guerra e paz* era um de seus livros preferidos) ora de um filme de desenho animado, movem-se, falam, *vivem*, se bem que inúmeras vezes não tenham a menor continuidade, pois aparecem em capítulos tão antirromanescos como o quarto, "Administração", no qual Sibelius imagina prolixamente a vida em: 1) Territórios incorporados; 2) Territórios sob a tutela de um chefe da administração civil; 3) Territórios anexados; 4) Territórios ocupados; e 5) "Zonas de operações".

Não raro dedica vinte páginas a um personagem, e vinte páginas unicamente para apresentar ao leitor suas características físicas, morais, seus gostos gastronômicos e desportivos, suas ambições e frustrações, e depois esse personagem não aparece mais em todo o romance, ao passo que outros, a quem ele apenas nomeia, como que de passagem, reaparecem aqui e ali em lugares geograficamente distantes e em ocupações diversas, até mesmo claramente excludentes e antagônicas. Suas descrições do funcionamento da máquina burocrática são implacáveis. O capítulo 4 da Segunda Parte, "Os transportes", subdividido em: a) A situação dos transportes alemães e americanos ao eclodir a guerra; b) Os efeitos da situação militar instável sobre os transportes alemães e americanos; c) Os métodos alemães de controle dos transportes em toda a América; e d) Organização alemã dos transportes americanos, com 250 páginas, é um tormento para qualquer leitor não qualificado.

Suas histórias nem sempre são originais. Seus personagens, quase nunca. No capítulo 3 da Segunda Parte, "A indústria e as matérias-primas", podemos encontrar Harry Morgan e Robert Jordan, de Hemingway, junto com figuras de Robert Heinlein e temas das *Seleções do Reader's Digest*. No capítulo 7, "As finanças", no subtítulo b) A exploração alemã dos países estrangeiros, o leitor perspicaz reconhecerá (vez por outra Sibelius nem se dá ao trabalho de mudar o nome deles!) vários Sartorius, Benbow e Slopes, de Faulkner (em "As Reichkreditkassen"), Bambi, de Walt Disney, e Myra Breckinridge e John Cave, de Gore Vidal (em "A expropriação do ouro e dos bens estrangeiros"), Scarlett O'Hara e Rhett Butler junto com os Hersland e os Dehning, de Gertrude Stein — o que leva um crítico mordaz a perguntar se Sibelius é o único americano que leu *The Making of Americans* — (em "Os custos de ocupação e outras arrecadações de impostos"), e vários personagens de John Dos Passos junto com Holly Golightly, de Capote, e Ripley, Charles Bruno e Guy Daniel Haines, de Patricia Highsmith (em "Os acordos de Clearing"), Sam Spade, de Hammett, e Eliot Rosewater, Howard Campbell e Bokonon, de Kurt Vonnegut (em "A manipulação dos tipos de câmbio"), e Amory Blaine, o Grande Gatsby e Monroe Starr, de Scott Fitzgerald, junto com poemas de Robert Frost e Wallace Stevens, ou seja, personagens bastante abstratos, oblíquos, compostos de luzes e sombras (em "O controle alemão da banca americana").

Suas histórias, as mil histórias que se cruzam sem causa nem efeito aparente em *O verdadeiro filho de Jó*, não obedecem a nenhum ditame, não pretendem (como supôs, absurdamente, um crítico de Nova York quando o comparou com *Guerra e paz*) dar uma visão de conjunto. As histórias de Sibelius acontecem porque acontecem, só isso, fruto de um acaso liberado de sua própria força, soberano, fora do tempo e do espaço humanos, diríamos nos primórdios de uma nova era em que a percepção espaçotemporal começa a se metamorfosear e até mesmo a ser abolida. Sibelius nos fala do ordenamento político, econômico e militar da nova América e é inteligível. Fala-nos do novo ordenamento religioso, racial, jurídico, industrial com objetividade e clareza. Seu forte é a Administração. Mas quando seus personagens, emprestados ou não, quando suas histórias, emprestadas ou não, invadem e se superpõem à máquina burocrática que com tanto esforço ele construiu, é aí então que ele atinge as mais altas cotas narrativas. Na confusão de suas histórias — em sua inevitabilidade — está o melhor Sibelius.

O *único* Sibelius, pelo menos no que se refere à literatura.

Depois da publicação de seu romance ele se retirou tão silenciosamente como chegara. Escreveu artigos em diversas revistas e fanzines de *wargames* dos Estados Unidos. E colaborou na concepção de alguns jogos: um Antietam, um Chancellorsville, um Gettysburg operacional, um Wilderness 1864 tático, um Shiloh, um Bull Run...

AS MIL CARAS DE MAX MIREBALAIS

Max Mirebalais, vulgo Max Kasimir, Max von Hauptmann, Max Le Gueule, Jacques Artibonito
Porto Príncipe, 1941 — Les Cayes, 1998

Provavelmente se chamava Max Mirebalais, mas nunca se saberá com absoluta certeza seu nome verdadeiro. Seu início na literatura foi misterioso: um belo dia apareceu no escritório do diretor de um jornal e no dia seguinte já estava percorrendo as ruas em busca de notícias ou, com mais frequência, cumprindo tarefas como garoto de recados de seus superiores. Sua aprendizagem foi marcada a fogo lento pelas misérias e servidões do jornalismo haitiano. Seu espírito perseverante levou-o, dois anos depois, ao cargo de redator adjunto de notas das colunas sociais no *El Monitor* de Porto Príncipe, onde passeou seu deslumbramento e sua perplexidade pelas festas e pelos saraus das melhores residências da capital. Não há dúvida de que desde o primeiro momento quis fazer parte desse mundo. Logo compreendeu que só havia duas maneiras de ter acesso a ele: mediante a violência aberta, que não vinha ao caso pois era um homem sossegado e nervoso que tinha engulhos só de ver sangue, ou mediante a literatura, que é uma forma de violência dissimulada, confere respeitabilidade e, em certos países jovens e sensíveis, é um dos disfarces da ascensão social.

Optou pela literatura e também por evitar os árduos anos de aprendizagem. Seus primeiros poemas, publicados na página cultural do *El Monitor*, são uma cópia dos trabalhos de Aimé Césaire e tiveram certa repercussão negativa entre alguns intelectuais de Porto Príncipe, que debocharam abertamente do jovem poeta.

Os plágios seguintes demonstraram que ele havia aprendido a lição: dessa vez o poeta imitado foi René Depestre e ele conseguiu obter, se não o aplauso unânime, pelo menos a consideração de alguns professores e críticos que previram um futuro brilhante para o bisonho escritor.

Poderia ter continuado com Depestre, mas Max Mirebalais não era bobo e resolveu multiplicar suas fontes: com paciência artesanal e perdendo horas de sono, plagiou Anthony Phelps e Davertige e criou seu primeiro heterônimo, Max Kasimir, primo de Max Mirebalais, a quem atribuiu os poemas daqueles que tinham zombado dele em seu início literário: Philoctète, Morisseau e Legagneur, membros fundadores do grupo Haïti-Littéraire. Sorte idêntica teriam os poetas Lucien Lemoine e Jean-Dieudonné Garçon.

Pouco a pouco se tornou um especialista na arte de esmiuçar um poema alheio até torná-lo seu. Envaidecido, não custou a tentar a conquista do mundo. A poesia francesa lhe oferecia uma reserva de caça infinita, mas ele resolveu começar com alguma coisa mais próxima. Seu plano, deixou anotado em algum lugar, consistia em esgotar todas as expressões da negritude.

Assim, depois de espremer e descartar mais de vinte autores cujos livros, dificílimos de encontrar, a Livraria Francesa Apollinaire punha à sua disposição gratuitamente, resolveu atribuir a Mirebalais os poetas martiniquenses Georges Desportes e Edouard Glissant, e a Max Kasimir os poetas Flavien Ranaivo, de Madagascar, e Léopold Sédar Senghor, do Senegal. No plágio deste último sua arte alcançou o suprassumo da perfeição: ninguém se deu conta de que os cinco poemas que Max Kasimir publicou no *El Monitor* da segunda semana de setembro de 1971 eram textos que Senghor havia publicado em *Hosties noires* (Seuil, 1948) e *Ethiopiques* (Seuil, 1956).

O poder prestou atenção nele. O jornalista das colunas sociais continuou cobrindo, se possível com mais ímpeto, os saraus de Porto Príncipe, mas agora era recebido pelos anfitriões e apresentado indistintamente (para confusão de certos convidados analfabetos) como nosso apreciado poeta Max Mirebalais ou como nosso querido poeta Max Kasimir ou, costume adotado por certos militares informais, como nosso dileto vate Kasimir Mirebalais. Sua recompensa não demorou a chegar: ofereceram-lhe o posto de adido cultural em Bonn e ele partiu para a Europa. Era a primeira vez que saía do país.

A vida no estrangeiro foi horrível. Depois de uma série interminável de doenças que o deixaram hospitalizado por mais de três meses, resolveu criar um novo heterônimo: o poeta meio alemão, meio haitiano Max von Hauptmann. Dessa vez os autores imitados foram Fernand Rolland, Pierre Vasseur-Decroix e Julien Dunilac, poetas que ele imaginou serem pouco conhecidos no Haiti. Sobre seus textos, manipulados, maquiados, metamorfoseados, ergueu-se a figura de um bardo que instigava e cantava a magnificência da raça ariana e da raça massai em doses iguais. Depois de três recusas, uma editora parisiense resolveu publicar os poemas. O êxito de Von Hauptmann foi imediato. Assim, enquanto Mirebalais passava os dias tentando matar o tédio que sentia em seu trabalho na embaixada ou se submetendo a checkups médicos intermináveis, em certos meios literários parisienses ele começava a ser conhecido como o bizarro Pessoa do Caribe. Evidentemente, ninguém se deu conta (nem mesmo os poetas plagiados, já que é de imaginar que nenhum deles lia os curiosos textos de Von Hauptmann) do engano.

Ser um poeta nazista e não renunciar a certo tipo de negritude pareceu entusiasmar Mirebalais. Ele decidiu aprofundar a obra criativa de Von Hauptmann. Começou por esclarecer — ou confundir — a história desde o início. Von Hauptmann não era o heterônimo de Mirebalais. Mirebalais era o heterônimo de Von Hauptmann. Seu pai, disse, tinha sido sargento da Frota de Submarinos de Doenitz, náufrago nas costas haitianas, um Robinson apanhado em país hostil, protegido pelos poucos massais que viram nele um amigo. Depois o pai se casou com a mais bela moça massai e em 1944 ele nasceu (mentira, nasceu em 1941, mas a fama o cegara e, disposto a melhorar a realidade, quis, de passagem, oferecer a si mesmo três anos extras de juventude). Os franceses, é lógico, não acreditaram nisso mas também não levaram a mal essa extravagância. Todos os poetas, e quem melhor que os franceses para saber disso, inventam o próprio passado. Entre os haitianos as reações foram diversas. Houve quem o tratasse como um bobalhão indigno. E houve quem inventasse para si mesmo, repentinamente, pais ou avós alemães, ingleses, franceses, náufragos ou aventureiros esquecidos em algum canto da ilha. Do dia para a noite o fenômeno Mirebalais-Von Hauptmann se espalhou como um vírus entre as classes abastadas. Os poemas de Von Hauptmann foram publicados em Porto Príncipe, os atos de autoafirmação massai (num país em que provavelmente *ninguém* descende dos massais) se multiplicaram, com seu acréscimo de lendas e histórias familiares, e até mesmo dois acólitos da Nova Igreja Protestante foram hábeis o suficiente para plagiar, sem muito sucesso, o plagiador.

    Contudo, a fama nos trópicos não dura muito. Quando ele voltou da Europa, a moda Von Hauptmann havia sido esquecida. O poder real — a dinastia Duvalier, as poucas famílias endinheiradas e os militares — tinha mais o que fazer e não ia perder tempo com a imagem ideal do falso poeta com um quarto de sangue negro. A ordem e a luta contra o comunismo, verificou pesaroso um Mirebalais ainda ofuscado pelo sol do Haiti, pesavam mais que a raça ariana, a raça massai e seu destino comum universal. Mas, longe de se deixar abater, ele se preparou para lançar ao mundo, num gesto de soberba, mais um heterônimo. Assim nasceu Max Le Gueule, flor da ourivesaria do plágio, compêndio de poetas quebequenses, tunisianos, argelinos, marroquinos, libaneses, cameroneses, congoleses, centro-africanos e nigerianos (além do poeta maliano Siriman Cissoko e do guineano Keita Fodeba, em cujas obras, amavelmente emprestadas pelo velho livreiro maníaco-depressivo da Livraria Francesa Apollinaire, ele entrou ululando e saiu tremendo).

O resultado foi ótimo. A resposta dos leitores foi inexistente.

Ferido em seu amor-próprio, Mirebalais hibernou por alguns anos na editoria das colunas sociais do *El Monitor*, cada vez mais desfalcada e fantasmagórica, cargo que acumulou com um posto obscuro na Companhia Telefônica do Haiti, já que o trabalho na imprensa não possibilitava, como antes, seu sustento.

Os anos de confinamento foram também anos de estudo. Cresceu a obra poética de Mirebalais, cresceram a de Kasimir, a de Von Hauptmann e a de Le Gueule. Os poetas fizeram-se mais profundos, as diferenças entre os quatro ficaram claramente marcadas (Von Hauptmann como o cantor da raça ariana, um ferrenho nazista mulato; Le Gueule como o homem pragmático por excelência, duro e pró-militar; Mirebalais como o lírico, o patriota que brandia os espectros de Toussaint Louverture, Dessalines e Christophe; Kasimir, ao contrário, como o paisagista da negritude e do país natal, do barco da África e dos tam-tans). Também suas semelhanças: todos amavam apaixonadamente o Haiti e a ordem e a família. Em matéria de religião havia pontos de divergência: enquanto Le Gueule e Mirebalais eram católicos e bastante tolerantes, Kasimir praticava o rito vodu e Von

Hauptmann era vagamente protestante e intolerante. Ele os fez se atracarem (sobretudo Von Hauptmann e Le Gueule, que eram dois galinhos de briga) e os fez se reconciliarem. Entrevistaram-se mutuamente. O *El Monitor* publicou algumas dessas entrevistas. Não é descabido pensar que talvez Mirebalais tivesse sonhado, numa noite de inspiração e ambição, em constituir ele sozinho a poesia haitiana contemporânea.

Recluso no campo do pitoresco (mesmo numa literatura, a *oficial*, de um regime haitiano em que tudo era, no mínimo, pitoresco), Mirebalais tentou uma última cartada rumo à fama ou à respeitabilidade.

A literatura, em seu suporte do século XIX, já não interessava às pessoas, conjeturou. A poesia estava morrendo. O romance ainda não, mas ele não sabia escrever romances. Houve noites em que chorou de raiva. Depois procurou uma solução e não recuou até encontrá-la.

Durante sua longa experiência de cronista mundano tinha conhecido um guitarrista extraordinário e muito moço de quem se dizia ser amante de um coronel da polícia e que vivia miseravelmente na periferia de Porto Príncipe. Cultivou sua amizade, de início sem nenhum plano prefixado, mas pelo puro gosto de ouvi-lo tocar. Depois lhe propôs formarem uma dupla musical. O jovem aceitou.

Assim nasce o último heterônimo de Mirebalais: Jacques Artibonito, compositor e cantor. Suas letras são plágios de Nacro Alidou, poeta do Alto Volta, de Gottfried Benn, poeta alemão, e de Armand Lanoux, poeta francês. Os acordes são obra de seu próprio guitarrista, Eustache Descharnes, que lhe cede a autoria sabe-se lá em troca de quê.

A carreira da dupla é irregular. Mirebalais não tem voz mas se esforça em cantar. Não tem senso rítmico mas se esforça em dançar. Gravam um disco. Eustache, que o segue por todo lado com uma docilidade de quem já entendeu tudo, mais parece um zumbi que um guitarrista. Juntos percorrem todo o Haiti: de Porto Príncipe a Cabo Haitiano, de Gonaïves a Léogâne. Ao fim de dois anos só conseguem se apresentar nos antros mais infectos do país. Uma noite, Eustache se enforca no quarto de hotel que divide com Mirebalais. Este passa uma semana na prisão até que se esclareça o suicídio. Ao sair recebe ameaças de morte. O coronel amigo de Eustache prometeu publicamente dar-lhe uma lição. No *El Monitor* já não querem saber dele como cronista social. Seus amigos lhe dão as costas.

Mirebalais se instala na solidão. Exerce as ocupações mais reles e prossegue em silêncio a execução do que chama "a obra de meus únicos amigos", as antologias poéticas de Kasimir, Von Hauptmann e Le Gueule, cujas fontes, por puro orgulho de ourives ou porque a essa altura a dificuldade era um modo de combater o tédio, diversifica até as raias das mais insuspeitas metamorfoses.

Em 1994, enquanto visita um sargento da polícia militar que se lembrava com carinho das notas sociais de Mirebalais e dos poemas de Von Hauptmann, uma horda de maltrapilhos tenta linchá-lo junto com uma comitiva de militares que se preparava para abandonar o país. Indignado, aterrorizado, Mirebalais se retira para Les Cayes, capital do Departamento do Sul, onde trabalhará como rapsodo de bares e atravessador nas docas.

A morte o flagrou trabalhando na obra póstuma de seus heterônimos.

POETAS NORTE-AMERICANOS

Jim O'Bannon
Macon, 1940 — Los Angeles, 1996

Poeta e jogador de futebol americano, Jim O'Bannon acolheu no mesmo espírito a atração pela força e o desejo das coisas delicadas e perecíveis. Suas primeiras tentativas literárias são marcadas por uma estética beatnik, tal como demonstra seu primeiro livro de poemas, *A noite de Macon*, publicado em sua cidade natal na efêmera coleção de poesia da Editora Ciudad en Llamas, em 1961. Os textos são precedidos de longas dedicatórias a Allen Ginsberg, Gregory Corso, Kerouac, Snyder, Ferlinghetti. Não os conhece pessoalmente (até então nunca saíra de seu estado natal, Geórgia) mas mantém com pelo menos três deles uma relação epistolar profusa e entusiasta.

No ano seguinte viaja de carona para Nova York e se encontra com Ginsberg e um poeta negro num hotel do Village. Conversam, bebem, leem poemas em voz alta. Depois Ginsberg e o negro lhe propõem fazer amor. No início O'Bannon não entende. Quando um dos poetas começa a despi-lo e o outro a acariciá-lo, a terrível verdade se abate sobre ele. Por alguns segundos não sabe o que fazer. Depois parte para a briga, com os dois, aos socos, e vai embora. "Não os matei a pontapés", dirá mais tarde, "porque tive pena deles."

Apesar da surra, Ginsberg incluirá quatro textos de O'Bannon numa antologia de poetas beatniks publicada um ano depois em Nova York. O'Bannon, que já está de volta à Geórgia, pensa em processar Ginsberg e a editora. Os advogados o desaconselham. Resolve então voltar a Nova York e dar-lhe pessoalmente uma lição. Durante duas semanas O'Bannon percorre a cidade, sem resultado. Mais tarde escreverá um poema a respeito, "O caminhante", em que um anjo atravessa Nova York a pé sem encontrar um só homem justo. Também escreve seu grande poema de ruptura com os beatniks, um texto apocalíptico que nos transporta por vários cenários históricos ou da alma humana (o cerco de Atlanta pelas forças de Sherman, a agonia de um pastorzinho grego, a vida cotidiana das pequenas cidades, os antros de homossexuais, judeus e negros, a espada redentora que pende sobre cada cabeça e é feita de uma liga de metais dourados).

Em 1963 viaja à Europa depois de conseguir a Bolsa Daniel Stone para o Desenvolvimento de Artistas Jovens. Em Paris visita Étienne de Saint-Étienne, que lhe parece sujo e rancoroso. Também em Paris conhecerá Jules Albert Ramis, o grande poeta neoclássico francês admirador de tudo o que é americano, e entre os dois nascerá uma amizade duradoura. Percorre num carro alugado a Itália, a Iugoslávia, a Grécia. Ao terminar a bolsa resolve continuar em Paris e Jules Albert Ramis consegue para ele um trabalho num hotel em Dieppe, propriedade de sua família. O hotel é "o que há de mais parecido com um cemitério", mas lhe deixa muitas horas de folga para escrever; o céu cinza do canal da Mancha dá asas à sua inspiração; no final de 1965 uma editora quase desconhecida de Atlanta aceita, enfim, publicar seu segundo livro de poesias, o primeiro que satisfaz plenamente O'Bannon.

Mas ele não volta para os Estados Unidos. Numa tarde de chuva aparece no hotel uma turista de Brunswick, na Geórgia, a srta. Margareth Hogan. Amor à primeira vista. Duas semanas depois O'Bannon deixou o hotel e está viajando por terras espanholas com aquela que será sua primeira esposa e única musa. O casamento civil é celebrado seis meses depois, na capital da França, e um emocionado, melancólico e declamatório Ramis será padrinho do jovem casal. Nessa época o livro de O'Bannon já tinha sido comentado e resenhado nos meios de comunicação americanos, com resultados diversos. Alguns beatniks mais oficiosos que oficiais reagem com desqualificações abertas aos ataques do ex-beatnik O'Bannon. Outros, entre eles Ginsberg, se mostram indiferentes. O livro, O sendeiro dos bravos, alia uma singular percepção da natureza (uma natureza estranhamente vazia, sem vida animal, turbulenta e *soberana*) a uma inequívoca tendência para o insulto pessoal, a difamação e o libelo, sem falar das ameaças e fanfarronices várias que percorrem cada um dos poemas. Fala-se de renascimento nacional e não faltam leitores entusiastas que enxergam nele o Carl Sandburg da segunda metade do século XX. A recepção entre os poetas de Atlanta é fria e distante.

Enquanto isso, em Paris, O'Bannon entrou para o Clube dos Mandarins, a associação literária presidida por Ramis e integrada de forma exclusiva por seus jovens discípulos, dentre eles os dois que trabalham na tradução de *O sendeiro dos bravos*, cuja edição não custará a aparecer na mesma editora que publica Ramis e que muito contribuirá para cimentar a fama de O'Bannon entre a crítica americana de poesia, sempre atenta ao que se passa do outro lado do oceano.

Em 1970 O'Bannon volta para os Estados Unidos e seus livros começam a desfilar com regularidade anual pelas vitrines das livrarias. A *O sendeiro dos bravos* seguem-se *Terra sem lavrar,*

As escadas de incêndio do poema, *Conversa com Jim O'Brady*, *Maçãs na escada*, *A escada do céu e do inferno*, *Nova York revisitada*, *Os melhores poemas de Jim O'Bannon*, *Os rios e outros poemas*, *Os filhos de Jim O'Brady no amanhecer da América* etc.

Viveu de dar conferências e recitais de um lado a outro do país. Casou-se e divorciou-se quatro vezes, embora sempre tenha afirmado que seu único grande amor foi Margaret Hogan. O tempo serenou suas invectivas literárias: do poeta duro e sarcástico de "Negativo de John Brown" ao poeta doente e olímpico de "Homenagem a um cão da rua Vine" há um abismo. Conservou até o final seu desprezo por judeus e homossexuais, se bem que, aos poucos, começasse a aceitar os negros, quando chegou a morte.

Rory Long
Pittsburgh, 1952 — Laguna Beach, 2017

Seu pai, o poeta Marcus Long, foi discípulo e amigo de Charles Olson, que costumava passar alguns dias por ano em sua casa de Aserradero, perto de Phoenix, Arizona, em cuja universidade Marcus Long dava aulas de literatura norte-americana. Dias agradáveis em companhia de um dos queridos discípulos. E tudo leva a crer que Olson também sentia grande simpatia pelo pequeno Rory e que foi ele (e seu pai, claro) quem o ensinou a ler de verdade um livro de poesias e lhe deu pessoalmente as primeiras aulas sobre *non projective verse* e *projective verse*. Outra possibilidade: Rory, escondido debaixo do alpendre, ouvia-os conversar enquanto o crepúsculo do Arizona se fixava para a eternidade.

Seja como for, e em resumo: o *non projective verse* é a versificação tradicional, a poesia íntima, "fechada", em que sempre poderemos ver alguma das mesquinharias do cidadão-poeta, coçando o próprio umbigo ou os colhões ou fanfarronando suas alegrias e desgraças; inversamente, o *projective verse*, que ocasionalmente se exemplifica nos trabalhos de Ezra Pound e

William Carlos Williams, é a poesia "aberta", a poesia da "energia deslocada", a poesia cuja técnica de redação corresponde à "composição por campos". Numa palavra, e para nos perdermos exatamente onde Olson se perdeu, o *projective verse* é o contrário do *non projective verse*.

Ou assim entendeu o pequeno Rory Long. A poesia "fechada" era Donne e Poe, e também Robert Browning e Archibald MacLeish; a poesia "aberta" era Pound e Williams (mas não em toda a sua obra). A poesia "fechada" era pessoal, indo do indivíduo-poeta para o indivíduo-leitor; a poesia "aberta" era impessoal, indo do caçador da memória da tribo (o poeta) para o receptor da memória da tribo e parte consubstancial do devir dessa poesia (o leitor). E Rory Long pensou que a Bíblia era poesia "aberta" e que as grandes massas que se moviam ou se arrastavam à sombra do Livro eram os leitores ideais, os famintos da Palavra iluminada. E não tinha dezessete anos quando construiu esse edifício vasto e vazio. Mas nessa época já era cheio de energia e logo pôs mãos à obra. Era preciso povoar e explorar o edifício; assim, a primeira coisa que fez foi comprar uma Bíblia, pois em sua casa não encontrou nenhuma. E depois começou a memorizar passagens e passagens e passagens e viu que essa poesia lhe falava diretamente ao coração.

Aos vinte anos se tornou pregador, sob a proteção da Igreja dos Mártires Verdadeiros da América, e publicou um livro de poesias que ninguém leu, nem mesmo seu pai, que era um homem com vocação de iluminista e se envergonhava de ver o filho se arrastando junto com os que se arrastam à sombra do grande Livro Móvel. Mas nenhum fracasso era capaz de amedrontar Rory Long, que nessa época percorria como um furacão as terras do Novo México, Arizona, Texas, Oklahoma, Kansas, Colorado, Utah e recomeçava pelo Novo México, como um relógio cujos ponteiros corressem ao contrário. E mais ou menos assim se sentia Rory Long, ao contrário, com as tripas e os ossos revirados, decepcionado com Olson (mas não com o *projective verse* e o *non projective verse*), cujos poemas custou a ler — deslumbrado com a teoria e com sua própria ignorância — e que para ele acabaram sendo quase uma fraude (quando leu *The Maximus Poems* ficou vomitando por umas três horas), decepcionado com a Igreja dos Mártires Verdadeiros da América cujos membros enxergavam a planície do Livro mas não sua força centrífuga, enxergavam a planície mas não os vulcões e rios subterrâneos, decepcionado com os anos que passavam, os 1970, cheios de tristes hippies e tristes putas. Até pensou em se matar! Mas não se matou e continuou lendo. E escrevendo: cartas, músicas, peças de teatro, roteiros para televisão e cinema, romances inacabados, contos, fábulas com animais, histórias em quadrinhos, biografias, panfletos econômicos e religiosos e, sobretudo, poesia, em que misturava todos os gêneros supracitados.

Tentou ser *impessoal*: escreveu guias para turistas do Livro e para náufragos do Livro. Fez duas *tatuagens*: um coração partido no braço direito, simbolizando sua busca, e um livro em chamas no braço esquerdo, simbolizando seu ofício. Experimentou a poesia *oral*: não os gritos nem as onomatopeias ou jogos de palavras desses patetas que parecem uma tribo paralela ao Livro mas não parte dele, muito menos o sussurro do fazendeiro relembrando infância e amores, e uma voz que falasse calidamente, familiarmente, como um locutor de rádio no fim do mundo. E ficou amigo de *locutores de rádio*, para ver se podia aprender alguma coisa, reconhecer a *voz impessoal* que percorria as ondas da América. O tom coloquial e dramático. A voz do homem-todo-olhos que saía vagando até encontrar a consciência do homem-todo-ouvidos. Assim, os anos o viram passar de uma igreja para outra e de uma casa para outra, sem publicar (enquanto outros publicavam), sem prosperar, mas escrevendo, mergulhando nas águas fétidas da teoria de Olson e de outras *teorias*, cansado mas de olhos abertos, digno filho (para sua tristeza) de um pai poeta.

Quando finalmente emergiu do subterrâneo, parecia outro. Estava mais magro (media 1,85 metro e pesava sessenta quilos) e mais velho, mas tinha encontrado o caminho ou pelo menos certos atalhos que prontamente o levariam ao Grande Caminho. Nessa época era pregador na Igreja Texana dos Últimos Dias, e suas ideias políticas, outrora confusas, tinham se ordenado. Acreditava na necessidade de uma ressurreição americana, acreditava *conhecer* as *características* dessa ressurreição, que seriam diferentes de tudo o que até então tinha sido testado, acreditava na família americana e em seu direito de receber a mensagem múltipla verdadeira e em seu direito de não ser envenenada por mensagens sionistas ou mensagens manipuladas pelo FBI, acreditava na individualidade e na necessidade de que os Estados Unidos retomassem com renovado vigor a corrida espacial, acreditava que uma doença mortal corroía boa parte do corpo da República e que era preciso intervir cirurgicamente. Esquecia Olson, esquecia seu pai, mas não esquecia a poesia (publicou uma coletânea de relatos curtos, poemas e "pensamentos", à qual deu o título de A *arca de Noé* e que teve sucesso), dedicou-se a propagar sua doutrina pelo Sudoeste. E também teve sucesso. Estava chegando. Através das ondas, através das gravações de vídeo. Era tão simples. E embora o passado se apagasse cada vez mais depressa, às vezes pensava como fora possível que tivesse lhe custado tanto encontrar o verdadeiro caminho.

E engordou (chegou a pesar 120 quilos) e ganhou dinheiro e não demorou a chegar ao lugar para onde iam todos os que tinham dinheiro. A Califórnia. Onde fundou a Igreja Carismática dos Cristãos da Califórnia. E seus seguidores foram tantos e era tão fácil transmitir a Mensagem que teve até tempo para escrever poemas sarcásticos e poemas humorísticos: textos que o faziam rir e que seu riso transfigurava em espelhos nos quais seu rosto se refletia, sem manchas, sozinho num quarto texano ou na companhia de desconhecidos tão gordos como ele e que se diziam seus amigos, seus biógrafos, seus representantes, em jantares beneficentes desdobrados em outros jantares beneficentes. Escreveu, por exemplo, um poema em que Leni Riefenstahl fazia amor com Ernst Jünger. Um centenário e uma nonagenária. Um entrechocar-se de ossos e tecidos mortos. Deus do céu, dizia Rory em sua grande biblioteca que fedia, o velho Ernst trepa com ela sem dó nem piedade e a puta alemã pede mais, mais, mais. Um bom poema: os olhos do casal ancião se acendem com uma luminosidade invejável, ambos se chupam até que suas velhas mandíbulas estalem, e olham de soslaio para o leitor enquanto, imperceptivelmente, dão a lição. Uma lição tão clara como a água. É preciso acabar com a democracia. Por que os nazistas vivem tanto? Veja Hess, que teria chegado aos cem anos caso não se suicidasse. O que os faz viver tanto? O que os faz quase imortais? O sangue derramado, o voo do Livro, o salto da consciência? A Igreja Carismática da Califórnia desceu aos subterrâneos. Um labirinto em que Ernst e Leni fodiam e fodiam, incapazes de se desgrudar, como dois cachorros no cio num vale de ovelhas. Num vale de ovelhas cegas? Num vale de ovelhas hipnotizadas? Minha voz as hipnotiza, pensou Rory Long. Mas qual é o segredo da longevidade? A Pureza. Investigar, trabalhar, criar o milênio a partir de diferentes planos. E certas noites acreditou tocar com a ponta dos dedos no corpo do Homem Novo. Emagreceu vinte quilos. Ernst e Leni fodiam no céu para ele. E compreendeu que aquilo não era uma vulgar, embora candente, terapia hipnótica, mas a verdadeira Hóstia de Fogo.

Então ficou louco de vez e a Astúcia se instalou até no último desvão de seu corpo. Teve dinheiro, fama, bons advogados. Teve emissoras de rádio, jornais, revistas e canais de televisão.

Teve amigos no Senado dos Estados Unidos. E teve uma saúde de ferro até um meio-dia de março do ano de 2017 em que um jovem negro chamado Baldwin Rocha estourou sua cabeça.

A CONFRARIA ARIANA

Thomas R. Murchison, vulgo O Texano
Las Cruces, Texas, 1923 — Penitenciária de
Walla Walla, Oregon, 1979

A vida de Murchison foi marcada desde cedo pelo presídio. Vigarista, ladrão de automóveis, inescrupuloso, traficante de drogas, percorreu todo o variado espectro da delinquência sem se especializar em nenhuma disciplina específica. Não foi a ideologia que o aproximou da Confraria Ariana mas suas constantes temporadas na cadeia e sua luta desmedida para sobreviver. De compleição miúda e temperamento pouco dado à violência, teve de recorrer a esse grupo para continuar vivendo. Nunca foi um chefe mas coube-lhe a honra de estruturar a primeira revista literária dessa agremiação, que sempre definiu como "sociedade dos cavalheiros de infortúnio". Em 1967, na prisão de Crawford, Virgínia, saiu o primeiro número da *Literatura Atrás das Grades*, cujos diretores eram Markus Patterson, Roger Tyler e Thomas R. Murchison. A revista, de quatro páginas em formato tabloide, oferecia, além de cartas, notícias internas da prisão e do condado de Crawford, alguns poemas (ou melhor, letras de músicas) e três contos. Os contos tinham a assinatura de O Texano e foram amplamente festejados: de caráter burlesco e fantástico, seus protagonistas eram presidiários ou ex-presidiários da Confraria que lutavam contra as Forças do Mal, encarnadas por políticos corruptos ou alienígenas chegados do espaço e habilmente camuflados em seres humanos.

A revista foi um sucesso e o exemplo, apesar da reticência de certos funcionários, se espalhou por outras prisões. A extensa e grandemente desafortunada carreira criminal de Murchison fez com que ele colaborasse na maioria delas, seja como membro ativo do conselho de redação seja como correspondente em outras prisões.

Nos escassos períodos de liberdade de que desfrutou, mal e mal lia jornais e tentava não se relacionar com ex-presidiários que pertenciam à Confraria. Na prisão lia Zane Grey e outros romancistas do Oeste. Seu autor predileto era Mark Twain. Certa vez, escreveu que sua Mississippi eram os calabouços e as penitenciárias. Morreu de enfisema pulmonar. Sua obra, dispersa em revistas, constitui-se de mais de cinquenta relatos curtos e de um poema de setenta versos dedicado a uma doninha.

John Lee Brook
Napa, Califórnia, 1950 — Los Angeles, 1997

Aquele que foi considerado o melhor dos escritores da Confraria Ariana e um dos melhores poetas californianos do final do século XX aprendeu a ler e escrever aos dezoito anos nas frias salas de aula de uma prisão. Anteriormente sua vida pode ser definida como uma sucessão de delitos menores, sem ordem nem premeditação, próprios de um adolescente californiano da raça branca e classe baixa, vivendo numa família desestruturada (pai desconhecido, mãe adolescente e dedicada a trabalhos mal pagos). Depois de sua alfabetização, a carreira criminal de John Lee Brook dá uma guinada de noventa graus: ele se mete no negócio da droga, no tráfico de pessoas, no roubo de carros de luxo, nos sequestros e assassinatos. Em 1990 é acusado da morte de Jack Brooke e de seus dois guarda-costas. Durante o julgamento, declara-se inocente. Mas surpreendentemente dez minutos depois de subir ao estrado interrompe o promotor e aceita todas as acusações, além de assumir a culpa de quatro homicídios não solucionados e que na época tinham caído no mais absoluto esquecimento: os do diretor de filmes pornográficos Adolfo Pantoliano, da atriz pornô Suzy Webster, do ator pornô Dan Carmine e do poeta Arthur Crane, ocorridos, os três primeiros, quatro anos antes, e o último, em 1989. É condenado à pena de morte. Após várias apelações, por iniciativa de alguns membros influentes da comunidade literária californiana, a pena é executada em abril de 1997. Segundo testemunhas oculares, Brook passou suas últimas horas extremamente sereno, entregue à leitura de seus próprios poemas.

Sua obra, composta de cinco livros, é sólida, com reminiscências whitmanianas, abundante em formas coloquiais e muito próxima da poesia narrativa, embora sem desprezar outras correntes da lírica americana. Seus temas favoritos e que se repetem ao longo de todos os poemas, às vezes de maneira obsessiva, são a pobreza extrema de certos setores da população branca, os negros e os abusos sexuais carcerários, os mexicanos sempre pintados como pequenos diabinhos ou como cozinheiros misteriosos, a ausência de mulheres, os clubes de motociclistas vistos como herdeiros do espírito de fronteira, as hierarquias da bandidagem na rua e na prisão, a decadência dos Estados Unidos, os guerreiros solitários.

Merecem especial atenção os poemas:

— "Reivindicação de John L. Brook", o primeiro de uma longa série de textos intermináveis, invariavelmente com mais de quinhentos versos, ou "romances quebrados", como o próprio autor costumava defini-los. Nele Brook já aparece de corpo inteiro apesar de tê-lo escrito quando tinha apenas vinte anos. O poema trata das doenças juvenis e da única forma adequada de curá-las.

— "Rua sem nome", um texto em que se combinam as citações de MacLeish e Conrad Aiken com os cardápios da prisão do condado de Orange e os sonhos pederastas de um professor de literatura inglesa que ia dar aulas na penitenciária às terças e quintas-feiras.

— "Santino e eu", fragmentos de conversas mantidas pelo poeta com seu agente penitenciário no regime de liberdade condicional, Lou Santino, em que se abordam temas como os esportes (qual é o esporte americano por excelência?), as putas, a vida das estrelas de cinema, as celebridades da prisão e o peso moral que têm, dentro e fora dela.

— "Charly" (justamente uma celebridade carcerária), descrição sumária e "concreta", embora bastante íntima, de Charles Manson, que o autor havia conhecido em 1992.

— "Damas de companhia", uma epifania de psicopatas, assassinos em série, doentes mentais, maníaco-depressivos obcecados com o sonho da América, notívagos e caçadores furtivos.

— "Os maus", um retrato aproximativo do assassino nato; diz Brook: "Seres imóveis/ meninos possuídos pela vontade/ num labirinto ou deserto de ferro/ Frágeis como um porco na jaula das leoas...".

Este último poema, datado de 1985 e publicado em seu terceiro livro de poemas (*Solidão*, 1986), mereceu estudos controversos na *Revista de Psicologia do Sul da Califórnia* e no *Boletim de Psicologia da Universidade de Berkeley*.

OS FABULOSOS IRMÃOS SCHIAFFINO

Italo Schiaffino
Buenos Aires, 1948 — Buenos Aires, 1982

Provavelmente não existiu outro poeta mais esforçado que Italo Schiaffino, pelo menos em Buenos Aires e nos anos que lhe couberam viver, embora mais tarde sua fama fosse obscurecida pela estrela ascendente de seu irmão mais novo, o também poeta Argentino Schiaffino.

De família humilde, só teve duas paixões na vida: o futebol e a literatura. Aos quinze anos, quando já fazia dois que tinha trocado a escola por um emprego de contínuo na loja de ferragens de dom Ercole Massantonio, filiou-se à turma barra-pesada de Enzo Raúl Castiglioni, uma das tantas que na época reuniam os torcedores do Boca Juniors.

Não demorou a progredir. Em 1968, quando Castiglioni foi para a cadeia, assumiu a chefia do grupo e compôs seu primeiro poema (pelo menos o primeiro poema de que se tem lembrança) e seu primeiro manifesto. O poema se intitulava "Empalideçam os lebréus" e tinha trezentos versos, e certas passagens foram aprendidas de cor por seus amigos. Tratava-se basicamente de um poema de combate; nas palavras de Schiaffino, "uma espécie de *Ilíada* para a rapaziada do Boca". Foi publicado em 1969 graças a uma contribuição voluntária e pública, e a edição de mil exemplares contou com um prefácio do dr. Pérez Heredia, que dava ao novo poeta as boas-vindas ao Parnaso argentino. O manifesto era diferente. Em cinco páginas Schiaffino expunha a situação do futebol na Argentina, lamentava-se da crise, apontava os culpados (a plutocracia judia incapaz de produzir bons jogadores e a intelectualidade comunista que arrastava o país para a decadência), expunha o perigo e explicava as maneiras de exorcizá-lo. O manifesto se chamava *A hora da juventude argentina* e nas palavras de Schiaffino tratava-se de "uma patriotada à moda de Von Clausewitz para despertar os espíritos mais inquietos da pátria". Não demorou para virar leitura obrigatória, pelo menos nos círculos mais duros da antiga patota arruaceira de Castiglioni.

Em 1971 Schiaffino visitou a viúva de Mendiluce, mas não se conservam testemunhos visuais ou escritos. Em 1972 publicou *O caminho da glória*, em que examinava ao longo de 45 poemas a vida de outros tantos futebolistas do Boca Juniors. Assim como "Empalideçam os lebréus", o livrinho trazia uma introdução amável do dr. Pérez Heredia e um nihil obstat do vice-presidente da entidade esportiva. A edição foi financiada pelos integrantes da turma de Schiaffino, mediante uma subscrição prévia, e o excedente foi vendido nas redondezas de La Bombonera, nos domingos de jogo. Dessa vez se quebrou o silêncio da crítica especializada: *O caminho da glória* mereceu resenhas em dois jornais esportivos e seu autor foi convidado para o programa de rádio *Só Futebol*, do dr. Pestalozzi, a fim de debater numa mesa-redonda a encruzilhada do futebol argentino. Naquele programa, que reunia nomes ilustres do esporte, Schiaffino se mostrou comedido.

Em 1975 entregou à gráfica sua nova coletânea de poemas:

Como touros bravos. Em versos de tom gauchesco em que se pode sentir a influência de Hernández, Güiraldes e Carriego, Schiaffino conta, às vezes em detalhes, as incursões da torcida chefiada por ele a diversas cidades da província, e duas viagens a Córdoba e a Rosário, concluídas pela vitória do clube visitante, pela afonia da torcida e várias escaramuças que não chegam a degenerar em brigas de rua, embora degenerem em lições dadas a elementos isolados da "massa inimiga". Apesar do tom eminentemente belicoso, *Como touros bravos* é sua obra mais bem--feita, mais livre e espontânea, em que o leitor pode ter uma ideia cabal do jovem poeta e da relação que ele mantém com "os espaços virginais da pátria".

Em 1975, depois da fusão das torcidas de Honesto García e Juan Carlos Lentino com a sua, Schiaffino funda a revista trimestral *Con Boca*, que a partir de então será o órgão de expressão e difusão de suas ideias. Ali publicará, no primeiro número de 1976, o estudo "Judeus fora", dos campos de futebol, naturalmente, não da Argentina, mas que lhe atrairia da mesma forma múltiplas incompreensões e inimizades. Como também as "Memórias da torcida insatisfeita", terceiro número de 1976, em que, fingindo ser um torcedor do River Plate, faz comentários jocosos sobre jogadores e torcedores do clube portenho rival, persistindo no primeiro número de 1977, no terceiro número de 1977 e no primeiro número de 1978, sob o mesmo título de "Memórias da torcida insatisfeita" II, III e IV, festejadas unanimemente pelos leitores de *Con Boca* e citadas pelo dr. Persio De La Fuente (coronel reformado) num estudo sobre a fala e o picaresco argentinos na *Revista de Estudios Semióticos* da Universidade de Buenos Aires.

O ano de glória de Schiaffino é 1978. Pela primeira vez a Argentina ganha uma Copa do Mundo e a torcida comemora nas ruas, transformadas para a ocasião num imenso corso. É o ano de "Brinde aos rapazes", poema alegórico e extravagante em que Schiaffino imagina um país unido como uma enorme torcida organizada indo ao encontro de seu destino. Também é o ano em que a vida lhe oferece uma saída "decente" e "adulta": as resenhas não escasseiam e nem todas se restringem aos círculos esportivos; uma rádio de Buenos Aires lhe oferece um posto de comentarista; um jornal próximo do governo lhe oferece uma coluna semanal dedicada à juventude. Schiaffino aceita tudo, mas logo sua pena fogosa entra em conflito com todos. No rádio e no jornal não custam a compreender que para Schiaffino é mais importante ser o chefe dos rapazes do Boca do que um empregado. O conflito termina com costelas e vidros quebrados e a primeira de uma longa série de visitas à cadeia.

Sem o apoio de seus velhos defensores, a veia lírica de Schiaffino parece congelar-se. Entre 1978 e 1982 dedica-se quase exclusivamente à sua patota e a manter em circulação a revista *Con Boca*, na qual continuam aparecendo artigos seus que atacam os males de que sofrem o futebol e a Argentina.

Seu poder entre os torcedores não diminuiu. Em seu mandato, a torcida organizada do Boca cresceu e se fortaleceu como nunca. Seu prestígio, embora de certo modo obscuro, secreto, foi incomparável: em seu álbum familiar ainda se conservam as fotos de Schiaffino na companhia de cartolas e jogadores do clube.

Morreu de ataque cardíaco em 1982 enquanto ouvia pelo rádio um dos últimos boletins da Guerra das Malvinas.

Argentino Schiaffino, vulgo O Gordo
Buenos Aires, 1956 — Detroit, 2015

A trajetória vital de Argentino Schiaffino foi comparada, em diferentes épocas, com a trajetória de várias e quase sempre controversas figuras da literatura e do esporte. Assim, em 1978 um tal Palito Kruger diz, no terceiro número da *Con Boca*, que sua vida e sua obra são comparáveis às de Rimbaud; em 1982, em outro número da mesma revista, ele era citado como o equivalente argentino de Dionisio Ridruejo; em 1995, no prefácio da antologia *Os poetas ocultos da Argentina*, o catedrático González Irujo alça-o à altura de Baldomero Fernández, e seus amigos do peito, em cartas aos jornais de Buenos Aires, o exaltam como a única figura da sociedade civil comparável a Maradona; em 2015, numa pequena nota necrológica publicada num jornal de Selma (Alabama), John Castellano equipara sua figura à figura trágica de Ringo Bonavena.

Os vaivéns por que passaram a vida e a obra de Argentino Schiaffino legitimam, de certo modo, todas as comparações.

Cresceu, é um fato, à sombra do irmão, que fez dele um louco por futebol, fanático pelo Boca e interessado nos mistérios da poesia. Contudo, a diferença entre ambos foi notável. Italo Schiaffino era alto, forte, autoritário, de temperamento seco, pouco imaginativo; sua figura infundia respeito: nervuda, angulosa, de aspecto meio fúnebre, embora a partir dos 28 anos tivesse começado a engordar perigosamente, talvez por um problema hormonal, o que a longo prazo seria fatal para ele. Argentino Schiaffino era de estatura média puxando para baixa, gordinho (daí o carinhoso apelido de O Gordo que ele carregou até a morte), de imaginação transbordante, temperamento sociável e audacioso, carismático embora pouco autoritário.

Começou a escrever poesia aos treze anos. Aos dezesseis, enquanto o irmão mais velho triunfava com O caminho da glória, publicou por sua conta e risco, em edição mimeografada de cinquenta exemplares, uma série de trinta epigramas intitulada Antologia das melhores piadas da Argentina, que ele mesmo vendeu para os membros da torcida do Boca e cuja edição se esgotou num fim de semana. Em abril de 1973 aparece, pelo mesmo método editorial, seu conto "A invasão do Chile", no qual narra com humor negro (de vez em quando lembra o roteiro de um filme sanguinolento) uma suposta guerra entre as duas repúblicas. Em dezembro do mesmo ano publica o manifesto Estamos de saco cheio, em que ataca a classe dos árbitros, a quem acusa de parcialidade, falta de condição física e, em alguns casos, consumo de droga.

Inaugura 1974 com a publicação da coletânea A juventude de ferro (edição mimeografada de cinquenta exemplares), poemas vigorosos ou marchas militares cuja única virtude consiste em afastá-lo pela primeira vez de seu marco natural de expressão: o futebol e o humor. Segue-se uma peça de teatro, O concílio dos presidentes ou Que fazemos para sair do buraco?, farsa em cinco atos na qual os mais altos dignitários de várias nações americanas, reunidos num quarto de hotel de uma cidade alemã, deliberam sobre as diversas maneiras de restituir ao futebol argentino sua preponderância natural e histórica, ameaçada agora pelo futebol total europeu. A peça, longuíssima, lembra cenas de certo teatro de vanguarda, desde Adamov, Genet e Grotowski até Copi e Savary, embora seja duvidoso (mas não impossível) que O Gordo tivesse estado algum dia numa sala dedicada a espetáculos desse tipo. Citaremos algumas de suas cenas: 1. O monólogo do adido cultural da Venezuela sobre a etimologia das palavras "paz" e "arte". 2. A violação do embaixador da Nicarágua num dos banheiros do hotel pelo presidente da Nicarágua, pelo presidente da Colômbia e pelo presidente do Haiti. 3. O tango que os presidentes da Argentina e do Chile dançam. 4. A leitura muito peculiar das profecias de Nostradamus feita pelo embaixador do Uruguai. 5. O concurso de masturbação que os presidentes organizam e as três únicas modalidades de vitória: grossura, cujo vencedor é o embaixador do Equador; comprimento, cujo vencedor é o embaixador do Brasil; e lançamento de sêmen, prova máxima, cujo vencedor é o embaixador da Argentina. 6. O tédio do presidente da Costa Rica, que considera "escatologias de mau gosto" tais competições. 7. A chegada das putas alemãs. 8. As brigas generalizadas, a bagunça, a exaustão. 9. A chegada do amanhecer, um "amanhecer vermelho-pálido que acentua o cansaço dos poderosos mandachuvas ao compreenderem enfim sua derrota". 10. O café da manhã solitário do presidente da Argentina, que, depois de soltar uma série de sonoros peidos, se mete na cama e dorme.

Ainda tem tempo de publicar, em 1974, outras duas obras: um pequeno manifesto na *Con Boca* chamado *Soluções satisfatórias*, que de certo modo prossegue o discurso de *O concílio dos presidentes* e propõe como resposta latino-americana ao futebol total a eliminação física de seus melhores expoentes, ou seja, o assassinato de Cruyff, Beckenbauer etc.; e uma nova coletânea de poemas em edição mimeografada de cem exemplares: *O espetáculo no céu*, poemas curtos, leves, alados, diríamos, sobre alguns dos grandes jogadores da história do Boca Juniors e em que é possível encontrar semelhanças com *O caminho da glória*, o celebrado livro de Italo Schiaffino. O tema é o mesmo, a feitura dos poemas é semelhante, certas metáforas são idênticas, embora o que no irmão mais velho seja rigor, vontade de fixar uma história resultante de muito esforço, no irmão mais moço seja um achado de imagens e rimas, humor em que não faltam carinho pelos velhos mitos, leveza diante do pesado, força verbal e, ocasionalmente, luxo. É provável que o melhor Argentino Schiaffino esteja nesse livro.

Os anos que se seguem são de silêncio criativo. Em 1975 ele se casa e começa a trabalhar numa oficina mecânica. Dizem que nessa época viaja de carona até a Patagônia, lê tudo o que lhe cai nas mãos, mergulha no estudo da história da América e experimenta drogas psicotrópicas, mas a verdade é que nem um só domingo deixa de aparecer na torcida organizada de seu irmão, onde goza de prestígio cada vez maior, no feudo do Boca ou no campo contrário, animando a patota arruaceira até não poder mais. Dizem também que nesses anos participa ativamente do esquadrão da morte do capitão Antonio Lacouture, na qualidade de motorista e mecânico do pequeno parque de automóveis que o esquadrão possuía numa quinta dos arredores de Buenos Aires, mas não há provas.

Em 1978 O Gordo reaparece durante o Mundial da Argentina com um longo poema chamado "Campeões" (edição mimeografada de mil exemplares que ele mesmo vende na entrada dos estádios), texto um tanto difícil, ocasionalmente confuso, em que passa sem transição do verso livre aos alexandrinos, aos dísticos, aos emparelhados e de vez em quando até mesmo às catáforas (quando se introduz nos meandros da seleção argentina adota o tom do *Romanceiro cigano* de Lorca e quando estuda as seleções adversárias vai desde as advertências ladinas do velho Vizcacha até as claras previsões de Manrique nas *Coplas*). O livro se esgotou em duas semanas.

Mais um longo silêncio criativo. Em 1982, segundo ele mesmo confessa em sua autobiografia, tenta se alistar como voluntário da Guerra das Malvinas. Não consegue. Pouco depois viaja à Espanha, com um grupo de torcedores barra-pesada, para assistir à Copa do Mundo. Após a derrota sofrida pela seleção argentina contra a Itália é preso num hotel de Barcelona como suposto autor de um delito de agressão com intenção de homicídio e roubo e por desordem em via pública. Junto com outros cinco membros da torcida argentina passa três meses na prisão Modelo de Barcelona. É posto em liberdade por falta de provas. Ao regressar, é aclamado pela torcida do Boca como o novo líder, posto hierárquico que não chega a entusiasmá-lo e que ele delega generosamente ao dr. Morazán e ao seu secretário Scotti Cabello. Contudo, sua ascendência moral sobre os antigos seguidores do irmão irá se manter a vida inteira, uma vida que para muitos torcedores das novas gerações adquire cada vez mais um tom lendário.

Em 1983, e apesar das tentativas contrárias do dr. Morazán, a revista *Con Boca* desaparece, fato que priva O Gordo de seu único meio de expressão mas que a longo prazo lhe será útil. Em 1984 uma pequena editora político-literária de Buenos Aires, a Blanco y Negro, publica o volume intitulado *Recordações de um irredento*, que sofre a indiferença geral do mundo literário mas constitui a primeira incursão de Schiaffino fora dos limites da edição por conta própria. Trata-se de um pequeno volume de contos de tipo marcadamente naturalista. O mais longo não chega a quatro páginas e evoca as manhãs e noites de futebol num bairro operário de Buenos Aires; os personagens são quatro meninos que se autodenominam "Os Quatro Gaúchos do Apocalipse" e em que mais de um hagiografista pretendeu enxergar o reflexo da infância dos irmãos Schiaffino. O mais curto não chega a meia página e descreve, em tom de galhofa e com uso abundante do lunfardo, a doença ou um ataque de coração ou talvez simplesmente a melancolia de alguém não denominado e distante, durante uma tarde qualquer.

Em 1985, pela mesma editora, sai *Bordoadas de loucos*, livrinho de contos ainda menor que o anterior (56 páginas) e que à primeira vista parece um apêndice daquele. Dessa vez consegue atrair a atenção de certos resenhistas. Um deles, em poucas palavras, o tacha de cretino. Outro o destroça pra valer mas sem se atrever a falar mal do manejo do idioma exibido por Schiaffino. Outros dois (não houve mais) o afagam abertamente, com maior ou menor entusiasmo.

Pouco depois a Editora Blanco y Negro foi à falência e Schiaffino pareceu mergulhar não só no silêncio, como em ocasiões anteriores, mas também no anonimato. Houve quem dissesse que a metade ou pelo menos uma parte substancial das ações da Blanco y Negro pertencia a ele, o que explicava seu sumiço. De onde Schiaffino conseguiu tirar dinheiro para participar da montagem de uma empresa editorial continua sendo um mistério. Falou-se de fundos obtidos durante a ditadura militar, de tesouros roubados e escondidos, de financiamentos misteriosos e inconfessáveis, mas não se conseguiu provar nada.

Em 1987 Argentino Schiaffino reaparece à frente da torcida do Boca. Separou-se de sua mulher e agora trabalha como garçom num restaurante do centro, na rua Corrientes, onde seu bom humor proverbial logo o torna querido e imprescindível para toda a clientela. No final do ano publica, em edição mimeografada, três contos de não mais que sete páginas cada um, que ele intitula *Novelão dos restaurantes de Buenos Aires* e que, sem se fazer de rogado, ele vende a seus fregueses. O primeiro conto fala de um libanês que chega a Buenos Aires e tenta investir suas economias num negócio confiável. O libanês se apaixona por uma açougueira argentina e juntos resolvem montar um restaurante especializado em carnes de todo tipo. Vai tudo bem até que começam a surgir os parentes pobres do libanês. Finalmente a açougueira resolve todos os problemas liquidando com os libaneses, um por um, graças à ajuda de seu ajudante de cozinha apelidado Monito, com quem mantém um caso extraconjugal. O conto termina com uma cena aparentemente bucólica: a açougueira, o marido e Monito vão passar um dia no campo e preparam um churrasco sob os céus claríssimos da pátria. O segundo conto trata de um velho potentado, *restaurateur* em Buenos Aires, que deseja encontrar o último amor de sua vida e para isso percorre clubes noturnos, bordéis, casas de amigos com filhas já crescidas etc. Quando enfim encontra a mulher de seus sonhos, descobre que está em seu primeiro restaurante e que ela é uma cantora de tangos de vinte anos, cega de nascença. O terceiro conto é sobre o jantar de um grupo de amigos no restaurante de um deles, fechado para a ocasião. No início, o jantar parece uma despedida de solteiros, depois uma comemoração por alguma coisa que um dos comensais conseguiu, depois um jantar fúnebre por alguém que morreu, depois um encontro gastronômico sem outro motivo além do desfrute da boa mesa argentina e por fim uma armadilha que todos ou quase todos prepararam para um traidor, embora nunca nos seja dito o que foi que o suposto traidor traiu: vagamente se mencionam as palavras "confiança", "amizade eterna", "lealdade", "honra". O conto é ambíguo, sustentado apenas pelos diálogos dos presentes à mesa, que, à medida que o tempo passa, vão se reduzindo, tornando-se pomposos e cruéis ou, ao contrário, secos e lacônicos, afiados e cortantes. Infelizmente o conto tem um desfecho previsível e, além de desnecessário, excessivamente violento: o esquartejamento do traidor no banheiro do restaurante.

De 1987 é também o extenso poema "A solidão" (640 versos), cuja edição é financiada pelo dr. Morazán, autor também do prefácio, e ilustrado com quatro desenhos a nanquim da srta. Berta Macchio Morazán, sobrinha do prefaciador. Trata-se de um poema estranho, desesperado, turbulento e que contribui para esclarecer certas lacunas da biografia de nosso autor: o poema se passa entre a Argentina e o México, durante a Copa do Mundo organizada nesse país. Num hotelzinho perdido de Buenos Aires que lembra uma estância abandonada na imensidão dos pampas, Schiaffino, protagonista absoluto do poema, reflete sobre a "solidão dos campeões". Depois o vemos voando para o México pelas Aerolíneas Argentinas, em companhia de "dois guardas negros" que bem poderiam ser membros de sua torcida organizada ou duas figuras ameaçadoras. A temporada no México se passa entre bares de décima categoria, onde ele verifica in situ os efeitos devastadores da mestiçagem, embora geralmente ele se dê bem com os "bêbados mexicanos" que o veem como um "príncipe-caracol com sua torre destruída", e as pensões e cidades para onde se desloca, acompanhando a seleção alviceleste. A vitória final da seleção argentina é apoteótica: Schiaffino vê uma luz enorme, como um disco voador, pairar sobre o estádio Azteca e vê figuras transparentes que saem da luz acompanhadas por cachorrinhos de rosto humano e pelo de fogo, puxados por correntes de metal pelos seres transparentes. Também vê um dedo "de uns trinta metros de comprimento" que aponta, admonitório, para alguma coisa, talvez uma direção ou, quem sabe, talvez seja só uma nuvem, no vasto céu. A festa prossegue pelas ruas "de aluvião congelada" da capital mexicana e termina com O Gordo desmaiado, esgotado, reintegrado na solidão de sua pensão mexicana.

Em 1988 publica, dessa vez em edição fotocopiada de cinquenta exemplares, o conto "O avestruz", uma espécie de homenagem aos militares golpistas e no qual, apesar de sua manifesta admiração pela ordem, pela família e pela pátria, não consegue evitar certas pinceladas de humor corrosivo, cruel, escatológico e ao mesmo tempo desabrido, caricaturesco, parodístico, irreverente, em suma, o estilo Schiaffino. No ano seguinte aparece, sem editora e sem data, o livro intitulado *O melhor de Argentino Schiaffino*, que reúne uma seleção de seus poemas, contos e textos políticos. Os entendidos não demoram a desconfiar que o livro é da Editora El Cuarto Reich Argentino, empresa de vocação mistagógica que apareceu e desapareceu repetidas vezes do mundo editorial portenho entre 1965 e 2000.

Pouco a pouco, sua figura ganha certa notoriedade nos meios de comunicação do país. Participa de um programa de televisão dedicado às gangues dos estádios em que é o primeiro a reivindicar a violência dessas torcidas, argumentando com motivos tais como a honra, a legítima defesa, a necessidade de companheirismo, o deleite puro e simples pelas brigas de rua. De acusado se transforma em acusador. Vai a debates nas rádios e em outros programas de televisão em que fala dos temas mais variados: política fiscal, decadência das jovens democracias latino-americanas, o futuro do tango na cena musical europeia, a situação da ópera em Buenos Aires, a inacessibilidade da moda, a educação pública nas províncias, o desconhecimento dos limites da pátria por parte da imensa maioria dos argentinos, o vinho nacional, a privatização das indústrias de ponta, o Grande Prêmio de Fórmula 1, o tênis e o xadrez, a obra de Borges, Bioy Casares, Cortázar e Mujica Lainez, que ele jura não ter lido mas sobre quem lança conclusões ousadas, a vida de Robert Arlt, a quem diz admirar "apesar de lutarmos em bandos furiosamente antagônicos", as hesitações sobre as questões de fronteiras, a solução para acabar com o desemprego, a delinquência de colarinho-branco e a delinquência popular, a criatividade natural dos argentinos, as madeireiras da Cordilheira e a obra de Shakespeare.

Em 1990 vai assistir à Copa do Mundo na Itália, onde é considerado, junto com outros trinta torcedores argentinos, visitante potencialmente perigoso. Um pouco antes O Gordo tinha manifestado sua intenção de se encontrar com os hooligans ingleses num ato de reconciliação que consistiria numa missa pelos mortos nas Malvinas, seguida de um churrasco ao ar livre. Mesmo que tudo isso não passe de uma declaração de intenções, a notícia dá a volta ao mundo e, quando Schiaffino volta à Argentina, sua notoriedade aumenta consideravelmente.

Em 1991 publica dois livros de poesia: *Chimichurri* (edição do autor, quarenta páginas, cem exemplares), uma imitação infeliz de Leopoldo Lugones e Rubén Darío que de vez em quando chega ao plágio puro e inequívoco e que poucos explicam por que ele escreveu, e menos ainda por que publicou; e *O barco de ferro* (Editora La Castaña, cinquenta páginas, quinhentos exemplares), uma série de trinta poemas em prosa que tem como tema central o fenômeno da amizade entre os homens. O corolário do livro — a afirmação batida de que a amizade se forja no perigo — parece antecipar o que será a vida do Gordo nos próximos anos. Em 1992, à frente de um musculoso grupo de sua gangue, arma uma emboscada em plena via pública para um ônibus cheio de torcedores do River cujo resultado são dois mortos por tiros de arma de fogo e numerosos feridos. A Justiça expede um mandado de busca e apreensão e Argentino Schiaffino desaparece. Em telefonemas para certos meios radiofônicos proclama aos gritos sua inocência, embora não condene, muito pelo contrário, a emboscada armada para os torcedores do River, mas inúmeras testemunhas, entre as quais se incluem alguns arruaceiros arrependidos, confirmam a presença dele nos arredores do local do atentado. Os meios de comunicação não demoram em apontá-lo como o mentor e indutor dos fatos. Aqui se inicia a etapa fantasmagórica da vida do Gordo, a mais propícia a todo tipo de especulações e mistificações.

Foragido da Justiça, sabe-se, por fotos que ele mesmo manda tirar, de sua presença nos estádios incentivando o time como um torcedor comum. Sua turma, o círculo mais íntimo de sua gangue dos estádios, os que eram ligados ao seu irmão e ligados a ele desde os primeiros tempos, o protege com fanática dedicação. Sua vida, de esconderijo em esconderijo, suscita a admiração dos mais jovens; alguns o leem; outros o imitam e seguem seu percurso literário, mas O Gordo é inimitável.

Em 1994, durante a Copa do Mundo nos Estados Unidos, concede uma entrevista a um jornal esportivo de Buenos Aires. Onde se encontra O Gordo? Em Boston. O escândalo que se segue é imenso. Os jornalistas argentinos, zangados com as medidas de segurança de que são objeto e que segundo eles atentam contra sua dignidade profissional, levam na chacota o dispositivo policial norte-americano; o resto dos jornalistas latino-americanos, mais alguns espanhóis, italianos e portugueses, reproduzem o tom de galhofa; a notícia, mais uma no extenso anedotário em torno do evento, dá a volta ao mundo. A polícia de Boston e o FBI se põem em ação, mas Schiaffino desapareceu.

Por muito tempo nada se sabe de seu paradeiro. Publicamente a torcida organizada confessa sua ignorância sobre o destino de seu líder, até que Scotti Cabello recebe, na prisão, uma longa carta-poema do Gordo intitulada *Terra autem erat inanis*, com selos dos Estados Unidos e um remetente de Orlando, Flórida. A carta-poema, que o dr. Morazán se apressa em publicar mediante uma subscrição compulsória da torcida do Boca, abre-se com uma comparação em cadenciosos versos livres entre os espaços americanos e os argentinos, num e noutro extremo do continente, prossegue com a recordação detalhada das cadeias que "o entusiasmo e a inocência" fizeram "o autor e seus amigos" conhecer, em clara alusão à condenação de dois anos que nesse momento Scotti Cabello cumpria, e termina num caos em que se misturam as ameaças, as visões idílicas da infância resgatada (a mãe, o cheiro da massa recém-preparada, o riso dos irmãos ao redor da mesa, os terrenos baldios transformados em campos onde se joga com uma bola de plástico até o cair da noite) e as brincadeiras irreverentes e pesadas, característica da poesia mais recente de Schiaffino.

Até 1999 não se sabe mais nada sobre ele. A torcida organizada guarda um mutismo absoluto, talvez sincero. Apesar das insinuações do dr. Morazán, das frases propositadamente enigmáticas, das palavras de duplo sentido, o mais provável é que ninguém na Argentina soubesse coisa alguma sobre o destino do Gordo; tudo são suposições; ainda assim, em 1998 os recalcitrantes partem rumo à Copa do Mundo na França com a certeza de que o encontrarão, como sempre, animando a alviceleste. A verdade é muito diferente. Nessa época O Gordo se desvincula da primeira de suas paixões e mergulha na segunda: lê tudo o que cai em suas mãos, especialmente livros de história, romances policiais e best-sellers, aprende um inglês que nunca passará de rudimentar e se casa com a americana María Teresa Grego, de Nova Jersey, vinte anos mais velha, mas que lhe permite obter a cidadania norte-americana. Vive em Beresford, uma cidadezinha do sul da Flórida, e trabalha como barman no restaurante de um cubano. Prepara, sem pressa, aquele que será seu primeiro romance, um thriller de quinhentas páginas cuja ação se passa em inúmeros países e ao longo de vários anos. Seus hábitos mudaram. Agora é organizado e, em certo sentido, se comporta como um monge.

Em 1999, como dizíamos, volta a dar sinal de vida. Scotti Cabello, já em liberdade e praticamente aposentado das turbulências das gangues e do futebol, recebe não uma carta, mas um telefonema do Gordo. A surpresa de Scotti é gigantesca. A voz do Gordo, intocada pelo tempo, desfia planos, projetos, vinganças, com o entusiasmo intacto dos primeiros anos, e, coisa que apavora Scotti, como se o tempo tivesse *parado*. A confissão de que já não é o chefe da torcida organizada do Boca não parece intimidar Schiaffino. Tem ordens a dar e espera que Scotti as cumpra. Primeiro, avisar à rapaziada que ele está vivo; segundo, anunciar com foguetório sua volta para casa; terceiro, ir procurando um editor em espanhol para seu grande romance norte-americano...

Scotti Cabello cumpre todas as tarefas, menos a última: na Argentina não há quem se interesse pela obra literária do Gordo. Quem não cumpre é Schiaffino, que, depois de criar a expectativa de seu regresso — se bem que muitos de seus fãs não acreditem —, some de novo num silêncio opaco.

Durante a Copa do Mundo no Japão, em 2002, alguns torcedores argentinos que rastreiam de binóculos o estádio de Osaka acreditam vê-lo nas laterais contíguas ao gramado, no lado sul. Aproximam-se, hesitantes e felizes, mas ao chegarem já não o encontram. Três anos depois a Editora Bucaneros, de Tampa, publica sua obra *Memórias de um argentino* (350 páginas), livro repleto de gângsteres, perseguições de carros, mulheres estonteantes, assassinatos sem revólver, bares onde se reúnem detetives privados e policiais honestos, aventuras no gueto negro, políticos corruptos, estrelas de cinema ameaçadas, práticas de vodu, espionagem industrial etc. O livro goza de relativo êxito, pelo menos entre a comunidade hispânica do sul dos Estados Unidos.

Enquanto isso Schiaffino enviuvou e se casou de novo. De acordo com certas fontes esteve ligado à Ku Klux Klan, ao Movimento Cristão Americano e ao grupo Renascer Americano. Mas a verdade é que se dedica aos negócios e à literatura. Tem duas churrascarias, na área de Miami, e continua empenhado na elaboração de uma *work in progress* magna, sobre a qual não abre o bico.

Em 2007 publica em edição do autor um livro de poemas em prosa, Os cavaleiros do arrependimento, no qual relata, ainda que em registros confusos ou conscientemente herméticos, algumas aventuras em terras americanas, desde sua chegada como foragido até o momento em que conhece Elizabeth Moreno, sua terceira esposa, a quem dedica o livro.

Por fim, em 2010 sai o romance tão prometido e esperado. Seu título é seco e sugestivo: O tesouro. Sua trama mal disfarça as lembranças do próprio Argentino Schiaffino, que fala de sua vida, analisa-a, esmiúça, considera os prós e os contras, procura e acha justificativas. Ao longo de 535 páginas o leitor vai conhecendo aspectos inéditos da vida do autor, alguns verdadeiramente surpreendentes, mesmo se de modo geral as revelações de Schiaffino se reduzam praticamente ao ambiente doméstico: sabemos, por exemplo, que diante da impossibilidade de terem filhos, Elizabeth e ele adotam um pequeno irlandês de seis anos chamado Tommy e uma pequena mexicana de quatro chamada Cynthia, nome ao qual, por desejo do Gordo, acrescentam o nome de Elizabeth etc. Politicamente Schiaffino deixa as coisas em pratos limpos. Limpos a seu modo. Não é de direita nem de esquerda. Tem amigos negros e amigos da Ku Klux Klan (entre as fotos do livro há uma de um churrasco num quintal dos fundos da casa; todos os comensais vestem as togas e capuzes da Klan, menos Schiaffino, vestido de cozinheiro e usando um capuz branco, que estava jogado por ali, para secar o suor do pescoço). É contra os monopólios, sobretudo o monopólio da cultura. Crê na família mas também na diversão "própria e natural dos homens". Confia nos Estados Unidos, cuja nacionalidade adquiriu, embora enumere — a lista é longa e sem importância — as coisas que deveriam melhorar.

Os capítulos dedicados à sua vida na Argentina e em especial à sua destacada participação nas gangues de estádio são insignificantes em comparação com os dedicados a contar sua experiência nos Estados Unidos. Incorre em falsidades históricas, que talvez encubram, como metáforas desestruturadas, algumas verdades. Por exemplo, diz ter participado da Guerra das Malvinas como soldado raso e ter obtido por sua atuação em diversos combates a Medalha do Mérito San Martín e os galões de sargento. Sua descrição da batalha para reconquistar Goose Green é rica em detalhes de humor negro, embora peque por ser inverossímil no plano estritamente militar. Mal fala de seu longo périplo à frente da torcida futebolística do Boca. Queixa-se, sim, de que na Argentina jamais prestaram muita atenção em seus livros. Inversamente, sua vida nos Estados Unidos, a real e a imaginária, é relatada com vigor e minúcias. O livro é repleto de capítulos dedicados a mulheres. Entre elas ocupa lugar de honra sua segunda esposa, a "querida e saudosa companheira" que lhe abriu as portas "de sua biblioteca pessoal". Entre os esportes só lhe interessa o boxe, e a turma que circula em torno do boxe constitui um material de primeira mão: italianos, cubanos, velhos negros melancólicos, todos são seus amigos e todos, por seu intermédio, falam e contam histórias em profusão.

Depois da publicação de O tesouro sua vida parece definitivamente nos trilhos, mas não é verdade. A má administração ou os maus amigos o levam à falência. Perde seus dois restaurantes. O divórcio não custa a chegar. Em 2013 abandona a Flórida e se instala em New Orleans, onde trabalha como gerente do restaurante El Chacarero Argentino. No final desse mesmo ano edita às próprias custas em New Orleans seu último livro de poemas, *História ouvida no Delta*, buquê de piadas que, por mais melancólicas que fossem, eram bem atrevidas, na linha de seus melhores versos da época do Boca. Em 2015 abandona New Orleans por causas desconhecidas e poucos meses depois um ou vários desconhecidos o matam no pátio dos fundos de um cassino clandestino em Detroit.

RAMÍREZ HOFFMAN, O INFAME

Carlos Ramírez Hoffman
Santiago do Chile, 1950 — Lloret de Mar, Espanha, 1998

A carreira do infame Ramírez Hoffman deve ter começado em 1970 ou 1971, quando Salvador Allende era presidente do Chile.

Com quase toda certeza ele frequentou a oficina literária de Juan Cherniakovski em Concepción, no sul. Na época dizia se chamar Emilio Stevens e escrevia poemas que Cherniakovski não desaprovava, embora as estrelas da oficina fossem as gêmeas María e Magdalena Venegas, poetisas de Nacimiento, de dezessete anos, talvez dezoito, estudantes de sociologia e psicologia, respectivamente.

Emilio Stevens flertava (a palavra "flertava" me deixa de pele arrepiada) com María Venegas, para falar a verdade vivia saindo com as duas irmãs, iam ao cinema, a concertos, ao teatro, a conferências, ou seja, a tudo, às vezes iam até a praia no carro das Venegas, um Fusca branco, para contemplar os crepúsculos do Pacífico, fumavam maconha juntos, imagino que as Venegas também saíam com outros, imagino que Stevens também saía com outras, naqueles anos todos saíam com todos e todos acreditavam saber tudo de todos, uma presunção bem estúpida, como bem depressa ficou demonstrado. Por que as irmãs Venegas se envolveram com ele? É um mistério sem maior importância, um acidente cotidiano. Imagino que o vulgo Stevens era bonito, era inteligente, era sensível.

Uma semana depois do golpe de Estado, em setembro de 1973, em meio à confusão reinante, as irmãs Venegas deixaram seu apartamento de Concepción e voltaram para a casa em Nacimiento. Ali viviam sozinhas, com uma tia. Os pais, ambos pintores, morreram quando elas ainda não tinham quinze anos, deixando-lhes a casa e umas terras na província de Bío-Bío que lhes permitiam viver sem apertos. As irmãs costumavam falar deles e muitos de seus poemas tinham como personagens pintores imaginários perdidos no sul do Chile, às voltas com uma obra desesperada e um amor desesperado. Uma vez, só uma, pude ver uma foto do casal: ele era moreno e magro, com aquela cara de tristeza e perplexidade que só têm os nascidos deste lado do rio Bío-Bío; ela era mais alta que ele, meio gordinha, com um sorriso doce e confiante.

Foram, portanto, para Nacimiento e se trancafiaram na casa, uma das maiores do povoado, nos arredores, uma casa de madeira de dois andares que tinha pertencido à família do pai, com mais de sete quartos e um piano e a presença forte da tia que as protegia contra qualquer perigo, se bem que as Venegas não fossem o que se chama de moças covardes, muito pelo contrário.

E um belo dia, digamos duas semanas ou um mês depois, Emilio Stevens aparece em Nacimiento. Assim foi. Uma noite ou talvez mais cedo, durante um desses crepúsculos melancólicos do sul, em plena primavera, batem à porta e ali está Emilio Stevens, e as Venegas se alegram ao vê-lo, cobrem-no de perguntas, convidam-no para jantar e depois lhe dizem que pode ficar para dormir e durante a sobremesa provavelmente leem poemas,

Stevens não, ele não quer ler nada, diz que está preparando algo novo, sorri, adota uma atitude misteriosa, ou talvez nem sorria, diz secamente que não e as Venegas concordam, *imaginam* entender, inocentes, não entendem nada, mas imaginam entender e leem seus próprios poemas, muito bons, densos, um amálgama de Violeta Parra e Enrique Lihn, como se esse amálgama fosse possível, um coquetel *chupilca del diablo* feito de Joyce Mansour, Sylvia Plath e Alejandra Pizarnik, o coquetel perfeito para dizer adeus ao dia, a um dia do ano de 1973 que se vai irremediavelmente, e durante a noite Emilio Stevens se levanta como um sonâmbulo, talvez dormisse com María Venegas, talvez não, mas o certo é que se levanta com a segurança dos sonâmbulos e se dirige para o quarto da tia enquanto ouve o motor de um carro que se aproxima da casa, e em seguida degola a tia, não, crava uma faca em seu coração, mais limpo, mais rápido, tapa sua boca e enterra a faca em seu coração e depois desce e abre a porta e entram dois homens na casa das estrelas da oficina de poesia de Juan Cherniakovski e a noite filha da puta entra na casa e depois volta a sair, quase de imediato, entra a noite, sai à noite, efetiva e veloz.

E não há cadáveres, ou melhor, sim, há *um* cadáver, um cadáver que aparecerá anos depois numa vala comum, o de Magdalena Venegas, mas só esse, como para provar que Ramírez Hoffman é um homem e não um deus, e naqueles dias desaparece muito mais gente, desaparece Juan Cherniakovski, o poeta judeu do Sul, e todo mundo pensa que é normal que aquele veado comunista desapareça, se bem que, depois, Cherniakovski, como seu suposto tio judeu russo, reapareça em todos os pontos candentes da América, uma lenda esse Cherniakovski, o paradigma do chileno voador, na Nicarágua, em El Salvador, na Guatemala, com um fuzil e punhos ao alto, como se dissesse aqui estou eu, seus filhos da puta, o último judeu bolchevique dos bosques do sul do Chile, até que um dia desaparece de uma vez por todas, possivelmente morto na última ofensiva do FMLN. E também desaparece Martín García, o outro poeta de Concepción, que tinha sua oficina de poesia na Faculdade de Medicina, amigo e rival de Cherniakovski, estavam sempre juntos, discutindo poesia embora o céu do Chile estivesse se despedaçando, Cherniakovski alto e louro, Martín García baixinho e moreno, Cherniakovski na órbita da poesia latino-americana e Martín García traduzindo poetas franceses que no Chile ninguém conhecia a não ser ele. E isso dava muita raiva a muita gente. Como era possível que aquele índio baixotinho e feio traduzisse e se correspondesse com Alain Jouffroy, Denis Roche, Marcelin Pleynet? Quem eram, santo Deus, Michel Bulteau, Matthieu Messagier, Claude Pelieu, Franck Venaille, Pierre Tilman, Daniel Biga? E que méritos tinha esse tal de Georges Perec cujos livros publicados pela Denoël o babaca do García carregava de um lado para outro? Ninguém deu falta dele. Muitos se alegrariam com sua morte. Escrever isso agora parece mentira. Mas García, tal como Cherniakovski (que certamente ele nunca mais viu), reapareceu exilado na Europa, primeiro na Alemanha Oriental, de onde saiu na primeira oportunidade, e depois na França, onde sobreviveu dando aulas de espanhol e traduzindo para edições não comercializadas alguns escritores bizarros da América Latina, em geral do início do século, obcecados por problemas matemáticos ou pornográficos. E depois também mataram Martín García, mas essa história não tem nada a ver com esta história.

Naqueles dias, enquanto a pobre estrutura de poder da Unidade Popular se desmantelava, fui preso. São banais, se não grotescas, as circunstâncias que me levaram ao centro de detenção, mas elas me permitiram presenciar o primeiro ato poético de Ramírez Hoffman, embora na época eu não soubesse quem era Ramírez Hoffman nem conhecesse o destino das irmãs Venegas.

Aconteceu num entardecer — Ramírez Hoffman adorava os crepúsculos —, enquanto no Centro La Peña, nas redondezas de Concepción, já quase em Talcahuano, eu e outros presos matávamos o tédio jogando xadrez no pátio de nossa prisão improvisada. O céu, antes absolutamente limpo, começava a empurrar algumas nesgas de nuvens para o leste. As nuvens, lembrando alfinetes ou cigarros, eram brancas e pretas, depois rosadas, e por fim de um vermelhão brilhante. Creio que eu era o único preso a observá-las. Lentamente, entre as nuvens, apareceu o avião. Um avião velho. De início, uma mancha do tamanho de um mosquito. Silencioso. Vinha do mar e aos poucos foi se aproximando de Concepción. Em direção ao centro da cidade. Dava a impressão de ir tão devagar quanto as nuvens. Quando passou por cima de nossas cabeças, o barulho que fez lembrou o de uma máquina de lavar com defeito. Depois subiu o morro, tornou a ganhar altura e logo estava sobrevoando o centro de Concepción. E ali, naquelas alturas, começou a escrever um poema no céu. Letras de fumaça cinza e preta contra o céu azul-rosado que gelavam os olhos de quem olhava. JUVENTUDE... JUVENTUDE, li. Tive a impressão — a louca certeza — de que eram provas tipográficas. Então o avião voltou para a nossa direção e depois fez outra curva e deu outra passada. Dessa vez o verso foi muito mais longo e deve ter exigido muita perícia do piloto: IGITUR PERFECTI SUNT COELI ET TERRA ET OMNIS ORNATUS EORUM.* Por um instante o avião parecia perdido no horizonte, rumo à cordilheira. Mas voltou. Um dos presos, que se chamava Norberto e estava enlouquecendo, tentou trepar no muro que separava nosso pátio do pátio das mulheres e começou a gritar: é um Messerschmitt, um caça Messerschmitt da Luftwaffe. Todos os outros presos se

---

* "Assim foram concluídos o céu e a terra, com todo o seu exército" (Gn 2,1). (N. E.)

levantaram. Na porta que dava para o ginásio onde passávamos a noite dois carabineiros tinham parado de falar e olhavam para o céu. O louco Norberto, agarrado ao muro, ria e dizia que a Segunda Guerra Mundial tinha regressado à Terra. Coube a nós, chilenos, recepcioná-la, dar as boas-vindas, ele dizia. O avião voltou para Concepción: BOA SORTE PARA TODOS NA MORTE, li com dificuldade. Por um instante pensei que se Norberto quisesse ir embora ninguém o teria impedido. Todos, menos ele, estavam imersos na imobilidade, com as caras voltadas para o céu. Até então eu nunca tinha visto tanta tristeza. E o avião tornou a passar sobre nossas cabeças, completou a volta, elevou-se e embicou para Concepción. Que piloto, dizia Norberto, um Hans Marseille reencarnado, tal e qual! Li: DIXITQUE ADAM HOC NUNC OS EX OSSIBUS MEIS ET CARO DE CARNE MEA HAEC VOCABITUR VIRAGO QUONIAM DE VIRO SUMPTA EST.* A leste, perdidas entre as nuvens que remontavam o Bío-Bío, as últimas letras. Perdido o próprio avião, que por um momento desapareceu completamente do céu. Como se tudo aquilo fosse apenas uma miragem ou um pesadelo. Quem foi que fez isso, cara, ouvi um mineiro de Lota dizer. Não temos a menor ideia, responderam-lhe. Outro disse: babaquices, mas sua voz tremia. Os carabineiros da porta do ginásio tinham se multiplicado, agora eram quatro. Norberto, na minha frente, as mãos enganchadas no muro, sussurrava: isso só pode ser a blitzkrieg ou então eu estou maluco. Depois deu um suspiro profundo e pareceu se tranquilizar. Nesse momento o avião reapareceu. Vinha do mar. Não o tínhamos visto dando a volta. Pai do céu, disse Norberto, perdoai nossos pecados. Falou em voz alta, e os outros presos e também os carabineiros o

---

* "Então o homem exclamou: 'Esta sim, é osso de meus ossos/ e carne de minha carne!/ Ela será chamada *mulher,*/ porque foi tirada do homem!'" (Gn 2,23). (N. E.)

ouviram e riram. Mas eu sabia que, no fundo, ninguém tinha vontade de rir. O avião passou por cima de nossas cabeças. O céu estava escurecendo, as nuvens já não eram rosadas mas pretas. Quando sobrevoou Concepción, mal e mal se via seu perfil. Dessa vez só escreveu três palavras: APRENDAM COM O FOGO, que, na noite, rapidamente perderam nitidez, e depois desapareceu. Por alguns segundos ninguém disse nada. Os carabineiros foram os primeiros a reagir. Mandaram que ficássemos em fila e iniciaram a recontagem de toda noite antes de nos trancarem no ginásio. Era um Messerschmitt, Bolaño, juro por tudo que é mais sagrado, disse-me Norberto enquanto entrávamos no ginásio. Sem dúvida, disse eu. E escrevia em latim, disse Norberto. É, disse eu, mas não entendi nada. Eu entendi, disse Norberto, falava de Adão e Eva, e do Santo Virago e do Jardim de nossas cabeças e desejava a todos boa sorte. Um poeta, disse eu. Uma pessoa educada, sim, disse Norberto.

A brincadeira ou o poema, eu soube muitos anos depois, custou a Ramírez Hoffman uma semana de calabouço. Ao sair, sequestrou as irmãs Venegas. Nas festas de fim de ano de 1973 tornou a fazer uma exibição de escrita aérea. Sobre o aeroporto militar de El Cóndor desenhou uma estrela que se confundia com as primeiras estrelas do crepúsculo e depois escreveu um poema que nenhum de seus superiores entendeu. Num dos versos falava das irmãs Venegas. Quem o lesse por inteiro já podia considerá-las mortas. Em outro mencionava uma tal de Patricia. Aprendizes do fogo, dizia. Os generais que o observavam soltar fumaça e formar letras pensaram que se tratava das namoradas dele, de suas amigas ou de putas de Talcahuano. Alguns amigos seus souberam que, muito pelo contrário, Ramírez Hoffman estava mencionando, conjurando mulheres mortas. Naquela época participou de mais duas exibições aéreas. Diziam que ele era o mais inteligente de sua turma, também o mais impulsivo. Capaz de pilotar sem problemas um Hawker Hunter ou um helicóptero de combate, mas adorava pegar o velho avião cheio de fumaça, subir nos céus vazios da pátria e escrever com letras garrafais seus pesadelos, que também eram os nossos pesadelos, até que o vento as desmanchasse.

Em 1974 convenceu um general a voar até o polo Sul. A viagem foi difícil e com uma profusão de escalas, mas em todos os lugares onde aterrissava escrevia seus poemas no céu. Eram os poemas de uma nova idade de ferro para a raça chilena, diziam seus admiradores. Não restava nada daquele Emilio Stevens literariamente retraído e inseguro. Ramírez Hoffman era a segurança e a audácia em pessoa. O voo de Punta Arenas até a base antártica de Arturo Prat foi cheio de perigos que por pouco não lhe custaram a vida. Quando, ao voltar, os jornalistas lhe perguntaram qual tinha sido o maior, respondeu: atravessar o silêncio. As ondas do cabo Horn lambiam o ventre do avião, ondas enormes mas mudas, como num filme sem som. O silêncio é como o canto das sereias de Ulisses, disse, mas se você o atravessa como um homem nada de mau pode lhe acontecer. Na Antártida correu tudo bem. Ramírez Hoffman escreveu A ANTÁRTIDA É O CHILE, foi filmado e fotografado e depois voltou para Concepción, sozinho, em seu pequeno avião que, segundo dissera o louco Norberto, era um caça Messerschmitt da Segunda Guerra Mundial.

Estava na crista da onda. Telefonaram-lhe de Santiago para que fizesse algo tão alucinante na capital, algo espetacular que demonstrasse o interesse do novo regime pela arte de vanguarda. Ramírez Hoffman aceitou, encantado. Hospedou-se no apartamento de um colega de turma; durante o dia ia treinar no aeródromo Capitán Lindstrom, de noite se dedicou a preparar por conta própria, no apartamento, uma exposição de fotografias cuja inauguração ele fez coincidir com seu show de poesia aérea. O dono do apartamento declararia anos depois que até o último minuto não viu as fotos que Ramírez Hoffman pensava em expor. Sobre a natureza dessas fotos, disse que Ramírez Hoffman pretendia que fossem uma surpresa e só lhe adiantou que se tratava de poesia visual, experimental, pura arte, algo que divertiria a todos. Evidentemente, os convites eram restritos: pilotos, militares jovens (o mais velho não chegava a comandante), um trio de jornalistas, um grupinho de artistas civis, algumas jovens e distintas senhoras (que se saiba só *uma* mulher foi à exposição, Tatiana von Beck Iraola) e o pai de Ramírez Hoffman, que morava em Santiago.

Tudo começou mal. O dia da exibição aérea amanheceu com grandes cúmulos-nimbos negros e gordos que baixavam pelo vale para o sul. Alguns chefes o desaconselharam a voar. Ramírez Hoffman não ouviu os maus presságios. Seu avião subiu e os espectadores viram, com mais esperança que admiração, algumas piruetas preliminares. Depois ganhou altura e desapareceu dentro de uma imensa nuvem cinza-chumbo que se deslocava lentamente sobre a cidade. Saiu longe do aeródromo, num bairro da periferia de Santiago. Ali mesmo escreveu o primeiro verso: A MORTE É AMIZADE. Depois planou sobre os armazéns ferroviários e sobre o que pareciam fábricas abandonadas e escreveu o segundo verso: A MORTE É O CHILE. Embicou para o centro. Ali, sobre o palácio de La Moneda, escreveu o terceiro verso: A MORTE É RESPONSABILIDADE. Alguns pedestres o viram. Um escaravelho escuro recortado no céu escuro e ameaçador. Pouquíssimos decifraram as palavras: o vento as desmanchava em poucos segundos. No caminho de volta para o aeródromo escreveu o quarto e o quinto versos: A MORTE É AMOR e A MORTE É CRESCIMENTO. Quando avistou a pista de aviação escreveu: A MORTE É COMUNHÃO, mas nenhum dos generais e mulheres de generais e altas patentes e autoridades militares, civis e culturais conseguiu ler suas palavras. No céu gestava-se uma tempestade carregada de eletricidade. Da torre de controle, um coronel lhe pediu que se apressasse e aterrissasse. Ramírez Hoffman disse "entendido" e voltou a ganhar altura. Então, no outro extremo de Santiago, caiu o primeiro raio e Ramírez Hoffman escreveu: A MORTE É LIMPEZA, mas escreveu tão mal, e as condições meteorológicas eram tão desfavoráveis, que pouquíssimos espectadores, que já começavam a se levantar dos assentos e a abrir os guarda-chuvas, entenderam a frase. No céu permaneciam as nesgas negras, garatujas de criança. Mas alguns entenderam, e pensaram que Ramírez Hoffman tinha enlouquecido. Começou a chover e foi uma debandada geral. Num dos hangares havia se improvisado um coquetel e naquela hora, depois daquele aguaceiro, todos estavam com sede e fome. Os canapés acabaram em menos de vinte minutos. Alguns oficiais e algumas senhoras comentaram que aquele piloto poeta era excepcional, mas a maioria dos convidados falava e se preocupava com temas de relevo nacional e até internacional. Enquanto isso, Ramírez Hoffman continuava no céu, lutando contra os elementos. Só um punhado de amigos e dois jornalistas que nas horas vagas escreviam poemas surrealistas acompanharam da pista de pouso, verdadeiro espelho de chuva, a cena que parecia saída de um filme sobre a Segunda Guerra Mundial, as evoluções do aviãozinho debaixo da tormenta. Escreveu, ou pensou que escrevia: A MORTE É MEU CORAÇÃO. E depois: PEGUE MEU CORAÇÃO. E depois: NOSSA MUDANÇA, NOSSA VANTAGEM. E depois já não tinha fumaça para escrever mas escreveu: A MORTE É RESSURREIÇÃO e os que estavam lá embaixo não entendiam nada mas entendiam que Ramírez Hoffman estava escrevendo *alguma coisa*, entendiam a vontade do piloto e sabiam que, mesmo que não entendessem nada, estavam assistindo a um evento importante para a arte do futuro.

Depois Ramírez Hoffman aterrissou sem nenhum problema, levou uma bronca do oficial encarregado pela torre de controle e de algumas altas patentes que ainda perambulavam entre os restos do coquetel e foi para o apartamento a fim de preparar o segundo ato de sua festa em Santiago.

Tudo o que se disse talvez tenha se passado assim. Talvez não. É possível que os generais da Força Aérea Chilena não tenham levado suas mulheres. É possível que no aeródromo Capitán Lindstrom nunca se tenha encenado nenhum recital de poesia aérea. Talvez Ramírez Hoffman tenha escrito seu poema no céu de Santiago sem pedir autorização de ninguém, sem avisar a ninguém, embora isso seja mais improvável. Talvez naquele dia nem tenha chovido em Santiago. Talvez tudo tenha acontecido de outra maneira. No entanto, a exposição fotográfica no apartamento aconteceu tal qual se explica em seguida.

Os primeiros convidados chegaram às nove da noite. Às onze havia umas vinte pessoas, todas razoavelmente bêbadas. Ninguém tinha entrado ainda no quarto de hóspedes, onde Ramírez Hoffman dormia e em cujas paredes ele pensava em expor as fotos para apreciação de seus amigos. O tenente Curzio Zabaleta, que anos depois publicaria o livro *Com a corda no pescoço*, espécie de relato autofustigador sobre sua atuação nos primeiros anos do governo golpista, diz que Ramírez Hoffman se comportava normalmente, atendia aos convidados como se fosse o dono da casa, cumprimentava os colegas de turma, que havia muito tempo não via, aceitava comentar os incidentes daquela manhã no aeródromo, fazia e suportava de bom grado as brincadeiras típicas desse gênero de reunião. De vez em quando desaparecia (trancava-se no quarto), mas suas ausências nunca duravam muito. Por fim, à meia-noite em ponto, pediu silêncio e disse (palavras textuais, segundo Zabaleta) que já era hora de se impregnar da nova arte. Abriu a porta do quarto e foi deixando seus convidados passarem, um por um. Um por um, cavalheiros, a arte do Chile não admite aglomerações. Ao dizer isso (segundo Zabaleta), Ramírez Hoffman empregou um tom jocoso e olhou para seu pai, dando-lhe uma piscada com o olho esquerdo e depois com o olho direito.

A primeira a entrar foi Tatiana von Beck Iraola, como era óbvio. O quarto estava perfeitamente iluminado. Nada de luzes azuis ou vermelhas, nada de atmosfera especial. Lá fora, no corredor e na sala, todos prosseguiam suas conversas ou bebiam alucinadamente, como fazem os jovens ou os vencedores. A fumaça era considerável, sobretudo no corredor. Ramírez Hoffman estava em pé na soleira da porta. Dois tenentes conversavam na entrada do banheiro. O pai de Ramírez Hoffman era um dos poucos que estavam sérios e firmes na fila. Zabaleta se mexia, segundo sua própria confissão, para cima e para baixo, nervoso e tomado por obscuros presságios. Os dois repórteres surrealistas conversavam com o dono da casa. Em algum momento Zabaleta conseguiu ouvir certas palavras: falavam de viagens, do Mediterrâneo, de Miami, praias quentes e mulheres exuberantes.

Não havia se passado nem um minuto quando Tatiana von Beck saiu. Estava pálida e transfigurada. Olhou para Ramírez Hoffman e tentou chegar ao banheiro. Não conseguiu. Vomitou no corredor e depois, cambaleando, foi embora do apartamento ajudada por um oficial que galantemente se ofereceu para acompanhá-la apesar dos protestos de Von Beck, que preferia ir sozinha. O segundo a entrar foi um capitão. Que lá ficou. Ramírez Hoffman, perto da porta entreaberta, sorria cada vez mais satisfeito. Na sala, alguns se perguntavam que bicho tinha mordido Tatiana. Está bêbada, ora essa, disse uma voz que Zabaleta não reconheceu. Alguém pôs um disco do Pink Floyd. Alguém comentou que entre homens não era possível dançar, isso está parecendo um encontro de recrutas, disse uma voz. Os repórteres surrealistas cochichavam entre si. Um tenente propôs que saíssem imediatamente para ir ver as putas. Mas no corredor, que parecia a antessala de um dentista ou de um pesadelo, quase ninguém falava. O pai de Ramírez Hoffman abriu caminho e entrou no quarto. A ele se seguiu o dono da casa, que saiu quase no mesmo instante, encarou Ramírez Hoffman, deu a impressão de que ia surrá-lo e depois virou as costas e andou até a sala em busca de uma bebida. A partir daí todos, inclusive Zabaleta, entraram no quarto. O capitão estava sentado na cama, fumando e lendo umas anotações, parecia tranquilo, imerso na leitura. O pai de Ramírez Hoffman contemplava algumas das centenas de fotos que decoravam as paredes e parte do teto do quarto. Um cadete, cuja presença Zabaleta não explicava, começou a chorar e a praguejar e tiveram de tirá-lo dali arrastado. Os repórteres surrealistas faziam gestos de desagrado, mas mantiveram a pose. De repente mais ninguém falou. Zabaleta lembra-se de que só se ouvia a voz de um tenente bêbado, que não tinha entrado no quarto de Ramírez Hoffman e que, na sala, dava um telefonema. Discutia com a namorada e se desculpava com palavras incoerentes por alguma coisa que havia feito muito tempo antes. Os outros voltaram em silêncio para a sala e alguns foram embora depressa, praticamente sem se despedir.

Depois o capitão mandou todos saírem do quarto e se trancou com Ramírez Hoffman por meia hora. No apartamento, segundo Zabaleta, permaneciam umas oito pessoas. O pai de Ramírez Hoffman não parecia particularmente comovido. O dono da casa, afundado numa poltrona, o olhava com rancor. Se quiser, disse o pai de Ramírez Hoffman, levo embora meu filho. Não, disse o dono da casa, seu filho é meu amigo e os chilenos sabem respeitar a amizade. Estava completamente bêbado.

Duas horas depois chegaram três militares da Inteligência. Zabaleta pensou que iam prender Ramírez Hoffman, mas o que fizeram foi arrancar as fotos do quarto. O capitão saiu com eles e ninguém soube o que dizer. Depois Ramírez Hoffman saiu do quarto e começou a fumar, em pé, perto de uma janela. Agora, lembra-se Zabaleta, a sala parecia o frigorífico de um grande açougue saqueado. Você está preso?, perguntou finalmente o dono da casa. Imagino que sim, disse Ramírez Hoffman, de costas para todos, olhando as luzes de Santiago pela janela, as poucas luzes de Santiago. Seu pai se aproximou dele com uma lentidão exasperante, como se não se atrevesse a fazer o que ia fazer, e por fim o abraçou. Um abraço rápido que Ramírez Hoffman não retribuiu. As pessoas são exageradas, comentou perto da lareira apagada um dos repórteres surrealistas. Cale o bico, disse o dono da casa. E agora, o que fazemos?, disse um tenente. Vamos curtir o pileque, disse o dono da casa. Zabaleta nunca mais viu Ramírez Hoffman. A última imagem que dele conserva é, porém, indelével: uma sala grande e desarrumada, um grupo de gente pálida e cansada, e Ramírez Hoffman perto da janela, perfeitamente bem, segurando um copo de uísque na mão que certamente não tremia e olhando a paisagem noturna.

A partir dessa noite, as notícias sobre Ramírez Hoffman são confusas, contraditórias, sua figura aparece e desaparece na antologia móvel da literatura chilena, sempre envolto em brumas e com a aparência de um dragão. Especula-se sobre sua expulsão da Força Aérea, as mentes mais alucinadas de sua geração o veem vagando por Santiago, Valparaíso, Concepción, exercendo ofícios diversos e participando de empreendimentos artísticos estranhos. Muda de nome. Está ligado a algumas revistas literárias de existência efêmera nas quais publica propostas de happenings que nunca realizará ou que, pior ainda, realizará em segredo. Numa revista de teatro aparece uma pequena peça assinada por um tal de Octavio Pacheco de quem nada se sabe. A peça é muito singular e se passa num mundo de irmãos siameses em que o sadismo e o masoquismo são brincadeiras de crianças. Dizem que trabalha como piloto de uma companhia comercial que liga a América do Sul a algumas cidades do Extremo Oriente. Cecilio Macaduck, o poeta vendedor de uma sapataria e ex-membro da oficina literária de Cherniakovski, segue seus passos graças a uma separata que descobre por acaso na Biblioteca Nacional: ali estão os dois únicos poemas publicados por Emilio Stevens, junto com os testemunhos fotográficos dos poemas aéreos de Ramírez Hoffman, a obra de teatro de Octavio Pacheco e textos publicados em diversas revistas da Argentina, do Uruguai, Brasil e Chile. A surpresa de Macaduck é enorme: descobre pelo menos sete revistas chilenas surgidas entre 1973 e 1980 que ele não conhecia. Encontra também um livro fino, de capa marrom, in-oitavo, chamado *Entrevista com Juan Sauer*. O livro tem o selo da Editora El Cuarto Reich Argentino. Não demora a compreender que Juan Sauer, que na entrevista responde a perguntas sobre fotografia e poesia, é Ramírez Hoffman. Nas respostas, ele esboça sua teoria da arte. Segundo Macaduck, decepcionante. No entanto, em certos meios chilenos e sul-americanos sua passagem fulgurante pela poesia se transforma em objeto de culto. Mas são poucos os que têm uma ideia cabal de sua obra. Finalmente, ele abandona o Chile, abandona a vida pública, desaparece, mas sua ausência física (na verdade ele *sempre* foi uma figura ausente) não põe fim às especulações, às interpretações, às leituras contraditórias e apaixonadas que sua obra suscita.

Sua passagem pela literatura deixa um rastro de sangue e várias perguntas feitas por um mudo. Também deixa uma ou duas respostas silenciosas.

Ao contrário do que costuma acontecer, os anos confirmam sua estatura mítica, fortalecem suas propostas. A pista de Ramírez Hoffman se perde na África do Sul, na Alemanha, na Itália, há até quem se aventure a dizer que ele foi para o Japão como o *nègre* de Gary Snyder, e seu silêncio é absoluto; mas os novos ares que varrem o mundo o reclamam, reivindicam sua obra, não falta quem o considere um precursor. Do Chile saem à sua procura escritores jovens e entusiastas. Depois de uma longa peregrinação, retornam derrotados e sem um tostão. O pai de Ramírez Hoffman, possivelmente a única pessoa que conhecia seu paradeiro, morre em 1990.

A ideia, no fundo tranquilizadora, de que Ramírez Hoffman *também está morto* faz seu caminho entre os meios literários chilenos.

Em 1992 seu nome volta a brilhar numa investigação policial sobre torturas e desaparecimentos. Em 1993 ele é vinculado a um "grupo operativo independente" responsável pela morte de vários estudantes na região de Concepción e em Santiago. Em 1995 aparece o livro de Zabaleta no qual um dos capítulos relata a noite das fotos. Em 1996 Cecilio Macaduck publica numa modesta editora de Santiago um extenso ensaio sobre as revistas fascistas do Chile e da Argentina no período que vai de 1972 a 1992, e em que a estrela de mais brilho e enigmática é sem dúvida Ramírez Hoffman. Evidentemente, não faltam vozes que se levantam em sua defesa. Um sargento da Inteligência Militar declara que o tenente Ramírez Hoffman era meio estranho, meio maluco e com explosões inesperadas, mas cumpridor como poucos de suas obrigações na luta contra o comunismo. Um oficial do Exército que participou com ele de certas atividades de repressão em Santiago vai mais longe e afirma que Ramírez Hoffman tinha toda razão quando dizia que não se devia deixar vivo nenhum prisioneiro previamente torturado: "Tinha uma visão da História, como posso lhe dizer, cósmica, em perpétuo movimento, com a Natureza no meio de tudo, devorando-se e renascendo, uma visão repugnante, mas brilhante como um portento, cavalheiro...".

Sem que haja nenhuma esperança de que ele apareça, Hoffman é chamado a depor como testemunha em alguns processos. Em outros é incriminado. Um juiz de Concepción tenta levar adiante um mandado de busca e apreensão que não prospera. Os processos, poucos, vão a julgamento sem a presença de Ramírez Hoffman. Depois o esquecem. Muitos são os problemas da República para alguém se interessar pela figura cada vez mais apagada de um matador desaparecido há muito tempo.

O Chile o esquece.

É aí que Abel Romero entra em cena e que eu volto a entrar em cena. O Chile também nos esqueceu. Romero foi um dos policiais mais famosos da época de Allende. Eu me lembrava muito vagamente de seu nome, ligado a um assassinato em Viña del Mar, "o clássico assassinato do quarto fechado" segundo suas próprias palavras, resolvido com elegância e limpeza. E embora tenha sempre trabalhado na Delegacia de Homicídios, foi ele quem entrou na fazenda Las Cármenes com um revólver em cada mão para resgatar um coronel que tinha forjado seu próprio sequestro e era protegido por vários capangas da Patria y Libertad. Por essa ação, Romero recebeu das mãos de Allende a Medalha de Mérito, a maior satisfação profissional de sua vida. Depois do golpe ficou preso três anos e em seguida foi para Paris. Agora andava atrás da pista de Ramírez Hoffman. Cecilio Macaduck tinha conseguido para ele meu endereço em Barcelona. Em que posso ajudá-lo?, perguntei. Em assuntos de poesia, disse. Ramírez Hoffman era poeta, eu era poeta, ele não era poeta, portanto para encontrar um poeta precisava da ajuda de outro poeta. Disse-lhe que a meu ver Ramírez Hoffman era um criminoso, não um poeta. Bem, bem, disse ele, talvez para Ramírez Hoffman ou para qualquer outro você não seja poeta ou seja um mau poeta e ele ou eles é que sejam. Tudo depende, não acha? Quanto você vai me pagar? Assim é que eu gosto, disse ele, direto ao que interessa. Bastante. A pessoa que me contratou tem muito dinheiro. Ficamos amigos. No dia seguinte chegou à minha casa com uma mala cheia de revistas de literatura. O que o leva a pensar que Ramírez Hoffman está na Europa? Fiz para mim mesmo uma composição do homem, disse. Quatro dias depois apareceu com uma televisão e um videocassete. São para você, disse ele. Não vejo televisão, disse eu. Pois está errado, não sabe a quantidade de coisas interessantes que está perdendo. Leio livros e escrevo, disse eu. Está na cara, disse Romero. E acrescentou em seguida: não leve a mal, sempre respeitei os padres e os escritores que não têm nada. Deve ter conhecido poucos, disse eu. Você é o primeiro. Depois explicou que não podia nem era conveniente instalar a televisão na pensão da rua Pintor Fortuny, onde estava morando. Você acha que Ramírez Hoffman escreve em francês ou em alemão?, disse eu. É possível, disse ele, era um homem preparado.

Entre as muitas revistas que Romero me deixou havia duas em que tive a impressão de ver a mão de Ramírez Hoffman. Uma era francesa e a outra era editada por um grupo de argentinos de Madri. A francesa, que não passava de um fanzine, era o órgão oficial de um movimento chamado "escrita bárbara" cujo máximo representante era um ex-porteiro parisiense. Uma das atividades desse movimento consistia em realizar missas negras em que maltratavam livros clássicos. O ex-porteiro tinha começado sua carreira em maio de 1968. Enquanto os estudantes levantavam barricadas, ele se trancou em seu cubículo da portaria de um luxuoso edifício da rua des Eaux e se dedicou a masturbar-se com livros de Victor Hugo e Balzac, a urinar em cima de livros de Stendhal, a lambuzar de merda páginas de Chateaubriand, a fazer talhos em diversas partes do corpo e manchar de sangue bonitos exemplares de Flaubert, Lamartine, Musset. Assim, segundo ele, aprendeu a escrever. O grupo dos "escritores bárbaros" era formado por vendedores, açougueiros, seguranças, chaveiros, burocratas de nível baixíssimo, auxiliares de enfermagem, figurantes de cinema. A revista madrilenha, ao contrário, exibia um padrão mais alto e seus colaboradores não podiam ser enquadrados numa determinada tendência ou escola. Entre suas páginas encontrei textos dedicados à psicanálise, estudos sobre o Novo Cristianismo, poemas escritos por presos de Carabanchel precedidos de uma introdução sociológica sisuda e ocasionalmente extravagante. Um desses poemas, sem dúvida o melhor, e também o mais longo, chamava-se "O fotógrafo da morte" e era dedicado, misteriosamente, *ao explorador*.

Na revista dos franceses, imaginei ver a sombra de Ramírez Hoffman num dos poucos textos não criativos que, laudatórios, acompanhavam as obras dos "bárbaros". Assinado por um tal de Jules Defoe, propugnava num estilo entrecortado e furioso uma literatura escrita por gente alheia à literatura (da mesma forma que a política, tal como estava ocorrendo, e ele se felicitava por isso, devia ser feita por gente alheia à política). A revolução iminente da literatura, Defoe dizia, será de algum modo a sua abolição. Quando a Poesia for feita por não poetas e for lida por não leitores. Qualquer um podia ter escrito isso, eu sei, qualquer um com vontade de queimar o mundo, mas tive a intuição de que o adail do ex-porteiro parisiense era Ramírez Hoffman.

O poema do preso de Carabanchel apresentava o assunto de outra perspectiva. Na revista de Madri *não* havia textos de Ramírez Hoffman, mas *falava-se* dele num dos textos, embora sem nomeá-lo. O título, "O fotógrafo da morte", podia ter sido tirado de um velho filme de Powell ou Pressburger, não me lembrava de qual dos dois, mas também podia se referir à velha paixão de Ramírez Hoffman. Em sua essência, e apesar da subjetividade que sufocava seus versos, o poema era simples: falava de um fotógrafo que perambulava pelo mundo, falava de crimes que o fotógrafo guardava para sempre em seu olho mecânico, falava do repentino vazio do planeta, do tédio do fotógrafo, de seus ideais (*o absoluto*) e de suas vagabundagens por terras desconhecidas, de suas experiências com mulheres, das tardes e noites intermináveis contemplando o amor em suas mais variadas manifestações: casais, trios, grupos.

    Quando disse isso a Romero, ele me pediu que visse no videocassete quatro filmes que tinha levado. Acho que já localizamos o sr. Ramírez, disse ele. Nesse momento senti medo. Vimos juntos os filmes. Eram filmes pornográficos de baixo orçamento. No meio do segundo, eu disse a Romero que não conseguia engolir quatro filmes pornográficos seguidos. Veja-os esta noite, disse-me ao ir embora. Tenho de reconhecer Ramírez Hoffman entre os atores? Romero não me respondeu. Sorriu enigmaticamente e partiu depois de anotar os endereços das revistas que eu tinha selecionado para ele. Só voltei a vê-lo cinco dias depois. Enquanto isso, assisti a todos os filmes, e a todos mais de uma vez. Ramírez Hoffman não aparecia em nenhum. Mas em todos notei sua presença. É muito simples, me disse Romero quando nos revimos, o tenente está atrás da câmera. Depois me contou a história de um grupo que fazia filmes pornôs num casarão do golfo de Tarento. Certa manhã, apareceram todos mortos. Seis pessoas ao todo. Três atrizes, dois atores e o câmera. Desconfiou-se do diretor e produtor, que foi preso. Também prenderam o dono da mansão, um advogado de Corigliano ligado ao *hard core* criminal, ou seja, aos filmes pornôs com crimes verdadeiros. Todos tinham álibi e foram postos em liberdade. Onde entrava Ramírez Hoffman? Havia outro câmera. Um tal de R. P. English. E este, nunca foi possível localizar.

    E você, me disse Romero, seria capaz de reconhecer Ramírez Hoffman se tornasse a vê-lo? Não sei, respondi.

    Só revi Romero dois meses depois. Localizei Jules Defoe, ele me disse. Vamos. Segui-o sem pestanejar. Fazia muito tempo que não saía de Barcelona. Ao contrário do que eu imaginava, pegamos o trem da costa. Quem está lhe pagando?, perguntei. Um compatriota, me disse Romero sem deixar de olhar o Mediterrâneo, que de repente começou a aparecer entre os restos de fábricas abandonadas e, mais adiante, atrás das primeiras construções do Maresme. Muito? Bastante, disse, é um compatriota que ficou rico, suspirou, parece que no Chile tem muita gente ficando rica. E o que vai fazer com o dinheiro? Vou voltar, isso me servirá para recomeçar. Quem o contratou não terá sido Cecilio Macaduck? (Por um instante pensei que Macaduck, que nunca foi embora do Chile e agora publicava um livro a cada dois anos e colaborava com revistas de todo o continente e de vez em quando dava aulas em pequenas universidades norte-americanas, por um instante, digo, pensei que Macaduck era, além de um escritor estabelecido, um homem endinheirado. Foi um instante de cretinice e de inveja saudável.) Nããããо, disse Romero. E quando o encontrarmos, disse eu, o que você vai fazer? Ai, amigo Bolaño, primeiro você tem de reconhecê-lo.

Descemos em Blanes. Na estação pegamos um ônibus para Lloret. A primavera mal começava, mas na cidadezinha já se viam grupos de turistas reunidos nas portas dos hotéis ou zanzando pelas ruas do centro. Caminhamos até uma zona em que só havia prédios de apartamentos. Num desses prédios morava Ramírez Hoffman. Vai matá-lo?, disse eu enquanto andávamos por uma rua fantasmagórica. Os estabelecimentos comerciais turísticos só reabririam dali a um mês. Não me faça esse tipo de pergunta, disse Romero com a cara enrugada pela dor ou por algo do gênero. Tudo bem, disse, não lhe farei mais perguntas.

Ramírez Hoffman mora aqui, disse Romero quando passamos sem parar diante de um prédio de oito andares, aparentemente vazio. Meu estômago encolheu. Não olhe para trás, cara, Romero me repreendeu, e continuamos andando. Duas quadras mais adiante havia um bar aberto. Romero me acompanhou até a porta. Daqui a pouco, não sei quando, ele virá aqui tomar um café. Observe-o com cuidado e depois me diga. Sente-se e não se mova. Virei buscá-lo quando escurecer. Meio estupidamente, nos demos a mão para nos despedir. Trouxe algum livro para ler? Trouxe, disse eu. Então, até logo, e pense que se passaram mais de vinte anos.

Dos janelões do bar viam-se o mar e o céu muito azul e uns poucos barcos de pescadores na labuta, perto da costa. Pedi um café com leite e tentei não me distrair. O bar estava quase vazio: sentada a uma mesa, uma mulher lia uma revista e dois homens conversavam com o atendente do balcão. Abri meu livro, a *Obra completa* de Bruno Schulz traduzida por Juan Carlos Vidal. Tentei ler. Ao fim de várias páginas me dei conta de que não entendia nada. Lia mas as palavras passavam como rabiscos incompreensíveis. Ninguém entrava no bar, ninguém se mexia, o tempo parecia imóvel, comecei a me sentir mal: de repente, no mar os barcos de pesca se transfiguraram em veleiros, a linha da praia era cinza e uniforme, e aqui e ali, bem distantes uns dos outros, eu via pessoas caminhando ou ciclistas que preferiam pedalar sobre a grande pista vazia. Pedi uma garrafa de água mineral. Então Ramírez Hoffman chegou e se sentou perto do janelão, a três mesas de distância. Achei-o envelhecido. Tanto quanto eu estava, com toda certeza. Mas não. Ele tinha envelhecido muito mais. Estava mais gordo, mais enrugado, aparentava pelo menos dez anos mais que eu, pensei, quando na verdade só era três anos mais velho. Olhava para o mar e fumava. Igual a mim, descobri alarmado, e apaguei o cigarro e fingi que estava lendo. De súbito as palavras de Bruno Schulz adquiriram uma dimensão monstruosa, quase insuportável. Quando voltei a olhar para Ramírez Hoffman, ele estava de perfil. Pensei que parecia um tipo duro, como só conseguem ser — e só depois dos quarenta anos — certos latino-americanos. Uma dureza tão diferente da dos europeus e norte-americanos. Uma dureza triste e irremediável. Mas Ramírez Hoffman não parecia triste e aí se assentava justamente a tristeza infinita. Parecia *adulto*. Mas não era adulto, eu soube na mesma hora. Parecia dono de si mesmo. E a seu jeito e de acordo com sua lei, qualquer que ela fosse, era mais dono de si mesmo do que todos nós que estávamos naquele bar silencioso. Era mais dono de si mesmo do que muitos que caminhavam nesse momento pelas ruas de Lloret ou trabalhavam preparando a iminente temporada turística. Era duro e nada possuía ou possuía muito pouco, e pelo visto não dava muita importância a isso. Parecia estar passando por um mau momento. Tinha o rosto desses sujeitos que sabem esperar sem perder o controle dos nervos nem se pôr a sonhar. Não parecia um poeta. Não parecia um ex-oficial da Força Aérea Chilena. Não parecia um assassino lendário. Não parecia o sujeito que tinha viajado até a Antártida para escrever um poema no ar. Nem de longe.

Foi embora quando começava a anoitecer. De repente me senti feliz e com fome. Pedi *pan con tomate* e presunto serrano e uma cerveja sem álcool.

Logo depois chegou Romero e fomos embora. De início tive a impressão de que nos afastávamos do prédio de Ramírez Hoffman, mas na verdade apenas demos uma volta. É ele?, perguntou Romero. É, disse eu. Sem nenhuma dúvida? Sem nenhuma dúvida. Ia acrescentar alguma coisa, mas Romero apressou o passo. O edifício de Ramírez Hoffman se recortou contra o céu iluminado pela lua. Singular, diferente dos outros edifícios, que diante dele pareciam se esfumar ou se desvanecer, tocado por uma vara de condão que surgia do ano de 1973. Romero me apontou o banco de um parque. Espere-me aqui, disse. Vai matá-lo? O banco ficava num canto discreto, na penumbra. O rosto de Romero fez um gesto que não consegui ver. Espere-me aqui ou vá para a estação de Blanes e pegue o primeiro trem. Não o mate, por favor, esse homem já não pode fazer mal a ninguém, disse eu. Isso você não pode saber, disse Romero, e eu também não. Não pode fazer mal a ninguém, disse eu. No fundo, eu não acreditava. Claro que podia fazer mal. Nós todos podíamos fazer mal. Volto já, disse Romero.

    Fiquei sentado olhando para os arbustos escuros enquanto ouvia o ruído dos passos de Romero se afastando. Voltou vinte minutos depois. Trazia debaixo do braço uma pasta com papéis. Vamos, disse. Pegamos o ônibus que liga Lloret à estação de Blanes e depois o trem para Barcelona. Não falamos até chegar à estação da Plaza Catalunya. Romero me acompanhou até em casa. Ali me entregou um envelope. Pela trabalheira, disse ele. O que você vai fazer? Vou voltar para Paris hoje mesmo, tenho um voo à meia-noite, disse. Suspirei ou bufei, que história mais feia, disse eu, para dizer alguma coisa. É claro, disse Romero, foi uma história de chilenos. Olhei para ele, ali, de pé, na portaria, Romero sorria. Devia andar por volta dos sessenta anos. Cuide-se, Bolaño, disse finalmente, e partiu.

EPÍLOGO PARA MONSTROS

1. Alguns personagens

Marcos Ricardo Alarcón Chamiso (Arequipa, 1910 — Arequipa, 1977). Poeta, músico, pintor, escultor e matemático amador.
Susy D'Amato (Buenos Aires, 1935 — Paris, 2001). Poetisa argentina amiga de Luz Mendiluce. Terminou seus dias vendendo artesanato latino-americano na capital da França.

Duquesa de Bahamontes (Córdoba, 1893 — Madri, 1957). Duquesa e cordobesa. E basta. Seus amantes (platônicos) contam-se às centenas. Problemas de urina e anorgasmia. Na velhice, boa jardineira.
Pedro Barbero (Móstoles, 1934 — Madri, 1998). Secretário, amante e confidente de Luz Mendiluce. O Miguel Hernández da direita populista. Autor de sonetos proletários.
Gabino Barreda (Hermosillo, 1908 — Los Angeles, 1989). Arquiteto de renome. Começou pró-Stalin e terminou pró-Salinas.
Tatiana von Beck Iraola (Santiago, 1950 — Santiago, 2011). Feminista, galerista, jornalista, escultora conceitual, uma das promotoras da vida cultural chilena.

Luis Enrique Belmar (Buenos Aires, 1865 — Buenos Aires, 1940). Crítico literário. Afirmou que Macedonio Fernández não valia um tostão furado. Crítico ferrenho de Edelmira Thompson.

Hugo Bossi (Buenos Aires, 1920 — Buenos Aires, 1991). Arquiteto. Autor do projeto do Museu-Hotel, inspirado, segundo ele mesmo contou, em seus anos de internato num colégio jesuíta da província de Buenos Aires. O Museu-Hotel, além de servir de museu aberto ao público e de residência para artistas sem posses, devia ter vários campos esportivos subterrâneos, uma pista de ciclismo, um cinema, dois teatros, uma capela, um supermercado e um pequeno e discreto posto de polícia.

Jack Brooke (Nova Jersey, 1950 — Los Angeles, 1990). Comerciante de obras de arte ligado ao narcotráfico e à lavagem de dinheiro. Declamador e transformista nas horas vagas.

Maurício Cáceres (Tres Arroyos, 1925 — Buenos Aires, 1996). Segundo marido de Luz Mendiluce. Popularmente conhecido como *Martín Fierro do Apocalipse*. Durante algum tempo foi diretor da revista *Letras Criollas*.

Florencio Capó (Concepción, 1920 — Santiago, 1995). Amigo e confidente de Pedro González Carrera, cuja fama póstuma jamais conseguiu entender, embora gostasse dele.

Dan Carmine (Los Angeles, 1958 — Los Angeles, 1986). Ator de cinema pornô, superdotado, seu pênis media 28 centímetros. Tinha os olhos mais azuis da profissão. Trabalhou em vários filmes de Adolfo Pantoliano.

Aldo Carozzone (Buenos Aires, 1893 — Buenos Aires, 1982). Filósofo epicurista e secretário particular de Edelmira Thompson.

Edelmiro Carozzone (Buenos Aires, 1940 — Madri, 2027). Filho único de Aldo Carozzone. Estava predestinado a se chamar

Adolfo (por causa de Adolf Hitler), mas na última hora seu pai, num gesto de sagrada amizade, pôs-lhe o nome de sua patroa e benfeitora. Foi um rapaz permanentemente assustado e, vez por outra, feliz. Trabalhou como secretário particular da família Mendiluce.

John Castellano (Mobile, 1950 — Selma, 2021). Escritor norte-americano. Chamado por Argentino Schiaffino O *Duce do Alabama*.

Enzo Raúl Castiglioni (Buenos Aires, 1940 — Buenos Aires, 2002). Chefe da gangue de torcedores do Boca Juniors. Sua ida para a prisão promoveu Italo Schiaffino a chefe da torcida arruaceira. O que há de mais parecido com um verme, segundo certos contemporâneos seus. Mistura de verme e pavão, segundo outros. Um pobre coitado, na opinião de seus familiares.

Juan Cherniakovski (Valdivia, 1943 — El Salvador, 1984). Poeta e guerrilheiro pan-americano. Sobrinho em segundo grau do general soviético Ivan Cherniakovski.

Arthur Crane (New Orleans, 1947 — Los Angeles, 1989). Poeta. Autor de diversos livros de prestígio, entre eles O *céu dos homossexuais* e A *disciplina das crianças*. Frequentava o bas-fond e os miseráveis como uma forma de suicídio. Outros fumam três maços de cigarros por dia.

Eugenio Entrescu (Bacau, Romênia, 1905 — Kishinev, Ucrânia, 1944). General romeno. Durante a Segunda Guerra Mundial se distinguiu na tomada de Odessa, no cerco a Sebastopol, na batalha de Stalingrado. Seu membro viril, ereto, media exatamente trinta centímetros, dois a mais que o do ator pornô Dan Carmine. Foi chefe da 20ª Divisão, da 14ª Divisão e do 3º Corpo de Infantaria. Seus soldados o crucificaram numa aldeia perto de Kishinev.

Atilio Franchetti (Buenos Aires, 1919 — Buenos Aires, 1990). Pintor envolvido em O *quarto de Poe*.

Persio de la Fuente (Buenos Aires, 1928 — Buenos Aires, 1994). Coronel e eminente semiólogo argentino.

Honesto García (Buenos Aires, 1950 — Buenos Aires, 2013). Ex--capanga e chefe da gangue de torcedores do Boca. Morreu na mendicância, cantando tangos aos gritos, chorando e cagando nas calças numa rua perdida de Villa Devoto.

Martín García (Los Angeles, Chile, 1942 — Perpignan, 1989). Poeta e tradutor chileno. Sua oficina literária na Faculdade de Medicina de Concepción era um dos ambientes mais sórdidos do mundo e ficava a dois passos, com o corredor no meio, do anfiteatro onde os estudantes dissecavam cadáveres.

María Teresa Grego (Nova Jersey, 1936 — Orlando, 2004). Segunda mulher de Argentino Schiaffino. De acordo com testemunhas oculares era magra, ossuda, alta, uma espécie de fantasma ou de encarnação da vontade.

Wenceslao Hassel (Pando, Uruguai, 1900 — Montevidéu, 1958). Dramaturgo. Autor de As *guerras domésticas da América*, *Como ser homem?*, A *ferocidade*, *Argentinas em Paris*, dentre outras peças que na época arrancaram aplausos em teatros de Buenos Aires, Montevidéu e Santiago do Chile.

Otto Haushofer (Berlim, 1871 — Berlim, 1945). Filósofo nazista. Padrinho de Luz Mendiluce e pai de várias teorias disparatadas: a Terra furada, o Universo sólido, as civilizações primigênias, a tribo ariana interplanetária. Suicidou-se depois de ser estuprado por três soldados uzbeques bêbados.

Antonio Lacouture (Buenos Aires, 1943 — Buenos Aires, 1999). Militar argentino. Ganhou a guerra contra a subversão, perdeu a Guerra das Malvinas. Especialista em aplicar o "submarino" e o choque elétrico. Inventou um jogo com ratos. Suas prisioneiras tremiam ao reconhecer sua voz. Ganhou diversas medalhas.

Julio César Lacouture (Buenos Aires, 1927 — Buenos Aires, 1984). Primeiro marido de Luz Mendiluce. Autor de uma *Ode a San Martín* e de uma *Ode a O'Higgins*, agraciadas com prêmios municipais.

Juan José Lasa Mardones. Poeta cubano que vive no mistério. Conhecem-se alguns poemas esparsos de sua autoria. Uma invenção de Ernesto Pérez Masón?

Philippe Lemercier (Nevers, 1915 — Buenos Aires, 1984). Pintor paisagista francês e editor das obras póstumas de Ignacio Zubieta.

Juan Carlos Lentini (Buenos Aires, 1945 — Buenos Aires, 2008). Ex-chefe da gangue dos estádios. Terminou seus dias como funcionário do governo federal.

Carola Leyva (Mar del Plata, 1945 — Mar del Plata, 2018). Poetisa argentina discípula de Edelmira Thompson e de Luz Mendiluce.

Susana Lezcano Lafinur (Buenos Aires, 1897 — Buenos Aires, 1949). Animadora da vida cultural portenha, graças a seu salão literário.

Marcus Long (Pittsburgh, 1929 — Phoenix, 1989). Poeta cuja obra lembra sucessivamente as de Charles Olson, Robert Lowell, W. S. Merwin, Kenneth Rexroth e Lawrence Ferlinghetti. Professor de literatura. Pai de Rory Long.

Cecilio Macaduck (Concepción, 1956 — Santiago, 2021). Escritor chileno de obra curiosa, com tendência para os detalhes e os ambientes pesados. De grande prestígio tanto entre os leitores como junto à crítica. Até os 33 anos trabalhou como vendedor numa sapataria.

Berta Macchio Morazán (Buenos Aires, 1960 — Mar del Plata, 2029). Ilustradora amadora e sobrinha do dr. Morazán, de quem se diz ter sido amante. Também foi amante de Argentino Schiaffino. Moça de temperamento hipersensível, sua relação com esses personagens a levou ao manicômio e a várias tentativas de suicídio. O dr. Morazán gostava de amarrá-la na cama ou numa cadeira. Argentino Schiaffino preferia as bofetadas mais tradicionais ou apagava cigarros em seus braços e pernas. Também foi amante de Scotti Cabello e ocasionalmente de oito ou nove membros da velha guarda da torcida organizada do Boca Juniors. Morazán sempre disse que gostava dela como de uma filha.

Alfredo de María (México, DF, 1962 — Villaviciosa, 2022). Escritor de ficção científica. Durante dois anos intermináveis, foi vizinho de Gustavo Borda em Los Angeles. Desapareceu em Villaviciosa, um povoado de assassinos do estado de Sonora.

Pedro de Medina (Guadalajara, 1920 — México, DF, 1989). Romancista mexicano de temas revolucionários e camponeses.

Sebastián Mendiluce (Buenos Aires, 1874 — Buenos Aires, 1940). Milionário argentino. Marido de Edelmira Thompson.

Carlos Enrique Morazán (Buenos Aires, 1940 — Buenos Aires, 2004). Chefe da torcida organizada do Boca Juniors depois da morte de Italo Schiaffino e cativo admirador de seu irmão mais novo, Argentino. Doutor em parapsicologia.

Elizabeth Moreno (Miami, 1974 — Miami, 2040). Garçonete de um bar cubano. Terceira e última esposa de Argentino Schiaffino.

Adolfo Pantoliano (Vallejo, Califórnia, 1945 — Los Angeles, 1986). Diretor e produtor de filmes pornográficos. Obras: *Coelhos quentes, Mete no meu cu, Os ex-presidiários e a tesuda de quinze anos, De três em três, Alien versus Corina*, entre outras.

Agustín Pérez Heredia (Buenos Aires, 1935 — Buenos Aires, 2005). Fascista argentino ligado aos meios esportivos.

Jorge Esteban Petrovich (Buenos Aires, 1960 — Buenos Aires, 2027). Escritor de três romances de caráter belicista passados nas Malvinas. Posteriormente, locutor de rádio e de televisão.

Jules Albert Ramis (Rouen, 1910 — Paris, 1995). Poeta francês multipremiado. Funcionário do governo de Pétain. Revisionista. Tradutor ocasional e vocacional de inglês e espanhol. Deputado. Filósofo nas horas vagas. Mecenas. Criador do Clube dos Mandarins.

Julián Rico Anaya (Junín, 1942 — Buenos Aires, 1998). Autor nacionalista argentino de tendência ultracatólica.

Baldwin Rocha (Los Angeles, 1999 — Laguna Beach, 2017). Matou Rory Long com um fuzil-metralhadora. Três minutos depois morreu crivado de balas por seus guarda-costas.

Abel Romero (Puerto Montt, 1940 — Santiago, 2013). Ex-policial chileno exilado por muitos anos. Ao retornar, montou uma bem-sucedida empresa funerária.

Étienne de Saint-Étienne (Lyon, 1920 — Paris, 1999). Filósofo e historiador revisionista francês. Fundador da *Revista de História Contemporânea*.

Claudia Saldaña (Rosário, 1955 — Rosário, 1976). Poetisa argentina. Inédita. Assassinada pelos militares.

Ximena San Diego (Buenos Aires, 1870 — Paris, 1938). Versão fossilizada e gauchesca de Nina de Villard.

Lou Santino (San Bernardino, 1940 — San Bernardino, 2006). Agente penitenciário encarregado da liberdade vigiada de John Lee Brook. Segundo alguns, Brook dentre eles, um santo. Segundo outros, um cínico filho da puta.

Germán Scotti Cabello (Buenos Aires, 1956 — Buenos Aires,

2017). Lugar-tenente do dr. Morazán e admirador incondicional de Argentino Schiaffino.

André Thibault (Niort, 1880 — Périgueux, 1945). Filósofo maurassiano, foi fuzilado por um grupo de partisans do Périgord.

Alcides Urrutia. Pintor cubano de quem não se tem outros dados. Provável visitante das prisões de Fidel Castro. Uma invenção de Ernesto Pérez Masón?

Tito Vázquez (Rosário, 1894 — Rio de Janeiro, 1957). Músico argentino. Autor de duas sinfonias, várias peças de câmara, três hinos, uma marcha fúnebre, uma sonatina e oito tangos que lhe permitiram viver decentemente seus últimos dias.
Arturo Velasco (Buenos Aires, 1921 — Paris, 1983). Pintor argentino. Começou como simbolista e terminou imitando Le Parc.
María Venegas (Nacimiento, 1955 — Concepción, 1973). Poetisa chilena. Assassinada pela ditadura.
Magdalena Venegas (Nacimiento, 1955 — Concepción, 1973). Poetisa chilena, irmã gêmea de María. Assassinada pela ditadura.

Susy Webster (Berkeley, 1960 — Los Angeles, 1986). Atriz de cinema pornô. Trabalhou em diversos filmes de Adolfo Pantoliano.

Curzio Zabaleta (Santiago, 1951 — Viña del Mar, 2011). Capitão reformado da Força Aérea Chilena. Padre secular. Autor de livros bucólicos e ecologistas.
Augusto Zamora (San Luis Potosí, 1919 — México, DF, 1969). Cultivou a literatura do realismo socialista, embora às escondidas escrevesse poemas surrealistas. Foi homossexual,

mas durante quase toda a sua vida teve de fingir que era homem. Por mais de vinte anos conseguiu que seus colegas acreditassem que sabia russo. Revelou-se em outubro de 1968, num calabouço de Lecumberri. Morreu na rua, de um ataque de coração, um mês depois de sair da cadeia.

2. Algumas editoras, revistas, lugares...

El Águila Herida. Editora fundada por Luz Mendiluce.
Amanecer en California. Revista da Confraria Ariana.
La Argentina Moderna. Revista mensal fundada por Edelmira Thompson e dirigida em sua primeira fase por Aldo Carozzone.

Blanco y Negro. Editora argentina de extrema direita.

Candil Sureño. Editora fundada por Edelmira Thompson, 1920--46. Nunca deu um tostão de lucro.
La Castaña. Editora argentina especializada na difusão de cancioneiros e autores populares.
El Círculo Interno. Revista da Confraria Ariana.
Ciudad en Llamas. Editora de poesia de Macon.
Clube dos Mandarins. Grupo metafísico e literário criado por Jules Albert Ramis.
Command. Revista de jogos de simulação militar na qual colaborou Harry Sibelius.

Comuna Ariana Naturalista. Fundada em 1967 por Segundo José Heredia numa fazenda perto de Calabozo (Guárico) e onde foi parar por alguns dias Franz Zwickau junto com outros jovens artistas venezuelanos vagamente arianos.
Con Boca. Revista fundada por Italo Schiaffino, 1976-83.
Corazón de Hierro. Revista nazista chilena que sobreviveu alguns anos não numa base submarina da Antártida, como desejariam seus ardorosos incentivadores, mas em Punta Arenas.
El Cuarto Reich Argentino. Sem a menor dúvida um dos empreendimentos editoriais mais estranhos, bizarros e obstinados de todos os que brotaram no continente americano, terra fértil para empreendimentos nas raias da loucura, da legalidade e da tolice. A trajetória da revista editada pelo grupo começou no momento crítico dos processos de Nuremberg e o primeiro número foi oportunamente todo dedicado a rebater a legalidade deles. No segundo número, junto com traduções de autores alemães perfeitamente passíveis de esquecimento (entre os quais Baldur von Schirach, autor de um poema às gardênias, chefe das Juventudes Hitleristas e naquela época julgado em Nuremberg por crimes contra a humanidade), o leitor curioso pode encontrar três textos em prosa de Ernst Jünger. O terceiro e o quarto números insistem no tema dos processos e apresentam uma breve antologia de poetas portenhos conspicuamente falangistas ou peronistas. O quinto número dedica todas as suas páginas (cem) a um arrazoado para advertir contra o perigo bolchevique, o único que realmente ameaça a Europa desde o fim da Primeira Guerra Mundial. O sexto propõe uma turnê estilística: é dedicado à velha Buenos Aires, aos bairros, ao porto, ao rio, às tradições, ao folclore. O sétimo, num arrebatamento antecipatório, é dedicado à Buenos Aires do futuro em seus aspectos urbanísticos (matéria da qual se encarrega o jovem arquiteto Hugo Bossi, com os primeiros

vislumbres de uma originalidade implacável que mais tarde o tornaria mundialmente famoso) e também sociológico, econômico e político. O oitavo número põe novamente os pés na terra e é todo dedicado a denunciar as falácias de Nuremberg e da imprensa escrava da plutocracia judaica. O nono volta à literatura: sob a epígrafe "A literatura europeia dos dias de hoje", visita por alto as obras de poetas e escritores franceses, alemães, italianos, espanhóis, romenos, suíços, lituanos, eslovacos, húngaros, belgas, letões e dinamarqueses. O décimo número não pôde sair por ordem da polícia. Ao cair na ilegalidade, a revista se transforma em empresa editorial. Alguns dos livros que edita aparecem com o selo El Cuarto Reich Argentino; outros, a maioria, não. Sua trajetória errática prosseguiu até o ano de 2001. Nunca se soube quem a dirigia.

Las Fabulosas Aventuras de la Nación Blanca. Revista da Confraria Ariana.

El Faro Poético Literario. Revista sevilhana, 1934-44.

El General. Revista de jogos de simulação militar em que Harry Sibelius colaborou.

El Hotel de los Bravos. Revista da Confraria Ariana.

Igreja Carismática dos Cristãos da Califórnia. Congregação religiosa fundada por Rory Long em 1984.
Igreja dos Mártires Verdadeiros da América. Congregação religiosa da qual Rory Long foi pregador.
Igreja Texana dos Últimos Dias. Congregação religiosa da qual Rory Long foi pregador.

Jardín de Acero. Revista da Confraria Ariana.

Letras Criollas. Revista bimensal fundada por Edelmira Thompson, 1948-79. Foi dirigida por Juan e Luz Mendiluce e deu lugar a várias brigas entre os irmãos.
Literatura Atrás das Grades. Revista da Confraria Ariana.

Pensamiento e Historia. Revista chilena especializada, nos primeiros números, em artigos e ensaios de caráter geopolítico e na história militar europeia e americana. Sob a direção de Gunther Füchler, sem dúvida sua fase mais rica e ambiciosa, tentou lançar no mercado, com sucesso desigual, para não dizer escasso, uma série de romancistas e contistas germano-chilenos (Axel Axelrod, Basilio Rodríguez de la Mata, Herman Cueto Bauer, Otto Munsen, Rodolfo Ernesto Gruber etc.), que terminou num retumbante fracasso: só dois deles persistiram no esforço literário após completarem 25 anos e um o fez escrevendo direto em alemão, e na Alemanha, naturalmente. Deve-se a seu primeiro diretor, J. C. Hoeffler, uma *História aberta da Segunda Guerra Mundial* seguida de uma *História secreta da Segunda Guerra Mundial*, além da primeira tradução séria para o espanhol da *Poesia seleta* de Baldur von Schirach. Werner Méndez Maier, diretor de 1979 a 1980, um futurista ferrenho que acabou aos socos com o conselho editorial e com os promotores financeiros da revista, é autor da controvertida *Notícias fidedignas do tenente Ramírez Hoffman,* que na época foi lida por amigos e inimigos como uma gozação monumental beirando a esquizofrenia. Gunther Füchler, o terceiro diretor (1980-9), é autor da monumental *História da Guerra do Pacífico*, sobre o conflito bélico de 1879 entre o Chile e a Aliança peruano-boliviana, livro de pretensão abrangente (740 páginas), no qual descreve com minúcias desde os uniformes de ambos os lados até os planos de batalha estratégicos, operacionais e táticos. Esse esforço magno não será alheio ao Prêmio Nacional de Literatura, que em 1997 coroa o trabalho de historiador de Füchler, sem dúvida o diretor-editor mais respeitado de todos os que passaram pela revista. Com Karl-Heinz Riddle se inicia o período mais abertamente revisionista. Foi influenciado pelo pensamento e pelas teorias do filósofo francês Étienne de Saint-Étienne, o controvertido professor da Universidade de Lyon que tentou demonstrar cientificamente (valendo-se para isso até mesmo de duvidosos alvarás de funcionamento de açougues kasher) que durante a Segunda Guerra Mundial morreram apenas 300 mil judeus no conjunto dos campos de concentração. Seguindo Saint-Étienne, a obra de Riddle é uma miscelânea de artigos peregrinos em que o sistema *enumerativo-histórico-matemático* é levado às últimas consequências. O declive que Riddle já antecipava se materializa enfim com Antonio Capistrano (1998-2003), poeta de estilo georgiano ligado em outras épocas à *Revista Literaria del Hemisferio Sur*, de quem o máximo que se pode dizer é que foi um administrador eficiente. No início do século XXI não há dinheiro nem entusiasmo germano--chileno, e os incondicionais prosseguem a luta nas pistas da informática.

Pistola Negra. Editora do Rio de Janeiro especializada em romances policiais e que possibilitou a publicação de muitos e variados escritores brasileiros.

Poesía Viva. Revista literária de Cartagena, Espanha, 1938-47.

Rebeldes Blancos. Revista da Confraria Ariana.

Revista Literaria del Hemisferio Sur. Contemporânea da revista *Pensamiento e Historia*, a aventura a que se lançaram Ezequiel Arancibia e Juan Herring Lazo pretendeu ser, além de uma alternativa, a resposta dos chilenistas aos germanistas. Na análise da questão feita por Arancibia e Herring Lazo, a turma da *Pensamiento* ocupava o lado alemão, nacional-socialista, enquanto aqueles que a *Hemisferio Sur* pretendia aglutinar ocupariam o papel do *fascio*. Um fascismo italiano, esteticista e bravateiro no caso de Arancibia e um fascismo espanhol, católico e falangista, pró-José Antonio Primo de Rivera e anticapitalista no caso de Herring. Politicamente sempre estiveram com Pinochet, a quem no entanto não pouparam "críticas internas", sobretudo às suas decisões econômicas. Literariamente só admiravam Pedro González Carrera, cuja obra completa editaram. Não desprezaram, como os germanistas de *Pensamiento e Historia*, Pablo Neruda e Pablo de Rokha, cujo verso livre, longo, de respiração poderosa, estudaram metodicamente, e em inúmeras ocasiões colocaram um e outro como exemplos de poesia combativa: só era preciso mudar alguns nomes, Mussolini em vez de Stálin, Stálin em vez de Trótski, rearrumar ligeiramente os adjetivos, variar os substantivos, e já estava pronto o modelo ideal de poema-panfleto que por necessária higiene histórica eles preconizaram mas jamais entronizaram no altar mais elevado da expressão poética. Em compensação, execraram a poesia de Nicanor Parra e de Enrique Lihn por considerá-la vazia e decadente, impiedosa e desesperançada. Foram excelentes tradutores e introduziram no Chile a obra de muitos poetas desconhecidos da língua inglesa, alemã, francesa, italiana, portuguesa, romena, flamenga, sueca e até africâner (Arancibia foi três vezes à África do Sul e, segundo seus amigos, essas viagens e um bom dicionário foram suficientes para aprender o idioma). Durante a primeira fase tentaram promover apenas criadores afins em termos tanto políticos como literários e mantiveram uma atitude belicista diante do resto das outras tendências. Promoveram recitais e encontros nas províncias, inclusive nas mais longínquas e carentes de tradição literária, onde as taxas de analfabetismo teriam feito recuar os menos entusiastas. Instituíram o prêmio de poesia Hemisferio Sur, que em sucessivas fases foi atribuído a Herring Lazo, Demetrio Iglesias, Luiz Goyeneche Haro, Héctor Cruz e Pablo Sanjuán, entre outros. Na Sociedade de Escritores Chilenos, tentaram criar um fundo de pensões para escritores idosos e em situação economicamente difícil, iniciativa que a indiferença geral e o egoísmo da agremiação condenaram ao fracasso. A obra literária de Arancibia se concentra em três pequenos volumes de poesias e numa monografia sobre Pedro González Carrera. No ativo de Arancibia, ao lado de seu entusiasmo e de sua curiosidade sem limites, também se deve inscrever sua já lendária viagem pela Europa e pela África do Sul à procura do fantasmagórico Ramírez Hoffman. Juan Herring Lazo é autor de várias antologias de poemas e peças de teatro de repercussão desigual, assim como de uma trilogia romanesca em que expõe a gestação e o nascimento de uma nova sensibilidade americana baseada no amor. Em seus últimos anos à frente da revista, tentou abri-la para quase todos os escritores chilenos, o que só conseguiu parcialmente. Obteve o Prêmio Nacional de Literatura. Luiz Goyeneche Haro, terceiro diretor de *Hemisferio Sur* e autor de mais de dez livros de poemas que vistos em conjunto não passam de variações do primeiro, tentou prosseguir na linha demarcada por Herring, com reduzido êxito. Sua fase é sem dúvida a mais medíocre da revista. Pablo Sanjuán, discípulo de Arancibia e gonzalista convicto, tentou dar uma virada no leme e reconduzir a nau para os velhos ideais, embora sem renunciar à abertura para outras vozes, outras ideias que ocasionalmente ele mesmo se encarregava de censurar e mutilar, provocando os subsequentes mal-entendidos e altercações. Fez esforços desesperados para granjear amigos, mas só teve inimigos.

Segundo Round. Revista literária e esportiva fundada e dirigida por Segundo José Heredia e que reuniu um amplo, e em geral mal-agradecido, grupo de jovens escritores venezuelanos.

Strategy & Tactics. Revista de jogos de simulação militar na qual Harry Sibelius colaborou.

Virginia Wargames. Revista de jogos de simulação militar na qual Harry Sibelius colaborou.

3. Alguns livros

A, de Zach Sodenstern, Los Angeles, 2013.
As adoradoras invisíveis, de Carola Leyva, Buenos Aires, 1975. Livro dedicado a Edelmira Thompson e que na verdade não passa de um arremedo dos poemas de Luz Mendiluce.
O advogado da crueldade, de Pedro González Carrera, Santiago, 1980.
A alma da cascata, de Mateo Aguirre, Buenos Aires, 1936.
Amanhecer, de Rory Long, Phoenix, 1972.
As amazonas, de Daniela de Montecristo, Buenos Aires, 1966.
Ana, a camponesa redimida, de Edelmira Thompson, Buenos Aires, 1935. Libreto de ópera.
Ana e os guerreiros, de Mateo Aguirre, Buenos Aires, 1928.
Anita, de Zach Sodenstern, Los Angeles, 2010.
Anos de luta de um falangista americano na Europa, de Jesús Fernández-Gómez, Buenos Aires, 1975.
Antologia das melhores piadas da Argentina, de Argentino Schiaffino, Buenos Aires, 1972.
Apocalipse em Cidade-Força, de Gustavo Borda, México, DF, 1999.

A *arca de Noé*, de Rory Long, Los Angeles, 1980.
O *ardor da juventude*, de Juan Mendiluce, Buenos Aires, 1968.
A *árvore dos enforcados*, de Ernesto Pérez Masón, Havana, 1958.
O *avestruz*, de Argentino Schiaffino, Buenos Aires, 1988.

O *barco de ferro*, de Argentino Schiaffino, Buenos Aires, 1991.
Bordoadas de loucos, de Argentino Schiaffino, Buenos Aires, 1985.
Brinde aos rapazes, de Italo Schiaffino, Buenos Aires, 1978.
As *bruxas*, de Ernesto Pérez Masón, Havana, 1940.

O *caminho da glória*, de Italo Schiaffino, Buenos Aires, 1972.
Campeões, de Argentino Schiaffino, Buenos Aires, 1978.
Camping Calabozo, de Franz Zwickau, Caracas, 1970.
Campo de beisebol, de Silvio Salvático, Buenos Aires, 1936.
Campos de honra, de Silvio Salvático, Buenos Aires, 1936.
Candace, de Zach Sodenstern, Los Angeles, 1990.
Carlota, imperatriz do México, de Irma Carrasco. Obra de teatro representada pela primeira vez no Teatro Calderón da Cidade do México, 1950.
Uma casinha em Napa, de Zach Sodenstern, Los Angeles, 1987.
A *catedral de vidro*, de Zach Sodenstern, Los Angeles, 1995.
Os *caubóis da caverna*, de J. M. S. Hill, Nova York, 1928.
Os *cavaleiros do arrependimento*, de Argentino Schiaffino, Miami, 2007.
Os *cefalópodos*, de Zach Sodenstern, Los Angeles, 1999.
Centro Forward, de Silvio Salvático, Buenos Aires, 1927.
O *cérebro em chamas de Will Kilmartin*, de J. M. S. Hill, Nova York, 1934.
A *chegada*, de Zach Sodenstern, Los Angeles, 2022. Romance póstumo.
Chimichurri, de Argentino Schiaffino, Buenos Aires, 1991.
O *clã do estigma sangrento*, de J. M. S. Hill, Nova York, 1929.

O clube do olho mágico, de J. M. S. Hill, Nova York, 1931.
A colina dos abutres, de Irma Carrasco, México, DF, 1952.
Com a corda no pescoço, de Curzio Zabaleta, Santiago, 1993.
Como touros bravos, de Italo Schiaffino, Buenos Aires, 1975.
Como um furacão, de Luz Mendiluce, México, DF, 1964.
O concílio dos presidentes, de Argentino Schiaffino, Buenos Aires, 1974.
A condessa de Bracamonte, de Jesús Fernández-Gómez, Cali, 1986.
A confissão da Rosa, de Segundo José Heredia, Caracas, 1958.
O controle dos mapas, de Zach Sodenstern, Los Angeles, 1993.
Conversa com Jim O'Brady, de Jim O'Bannon, Chicago, 1974.
Corações rançosos e corações jovens, de Julián Rico Anaya, Buenos Aires, 1978.
O corredor da morte, de John Lee Brook, Los Angeles, 1995.
Correspondência, de Pedro González Carrera, Santiago, 1982.
Cosmogonia da nova ordem, de Jesús Fernández-Gómez, Buenos Aires, 1977.
Crepúsculo em Porto Alegre, de Luiz Fontaine, Rio de Janeiro, 1964.
Criaturas do mundo, de Edelmira Thompson, Paris, 1922.
Crimes sem solução em Cidade-Força, de Gustavo Borda, México, DF, 1991.
Crítica a O Ser e o nada, v. I, de Luiz Fontaine, Rio de Janeiro, 1955.
Crítica a O Ser e o nada, v. II, de Luiz Fontaine, Rio de Janeiro, 1957.
Crítica a O Ser e o nada, v. III, de Luiz Fontaine, Rio de Janeiro, 1960.
Crítica a O Ser e o nada, v. IV, de Luiz Fontaine, Rio de Janeiro, 1961.
Crítica a O Ser e o nada, v. V, de Luiz Fontaine, Rio de Janeiro, 1962.

Cruz de flores, de Ignacio Zubieta, Bogotá, 1950.
Cruz de ferro, de Ignacio Zubieta, Bogotá, 1959.

A *dama francesa*, de Silvio Salvático, Buenos Aires, 1949.
O *destino da rua Pizarro*, de Andrés Cepeda Cepeda, Arequipa, 1960. Nova edição revista e ampliada, Lima, 1968.
O *destino das mulheres*, de Irma Carrasco, México, DF, 1933.
Doce, de Pedro González Carrera, Cauquenes, 1955.
Don Juan em Havana, de Ernesto Pérez Masón, Miami, 1979.
Dor e imagem, de Silvio Salvático, Buenos Aires, 1922.

Os *egoístas*, de Juan Mendiluce, Buenos Aires, 1940.
Empalideçam os lebréus, de Italo Schiaffino, Buenos Aires, 1969.
Les Enfants, de Edelmira Thompson, Paris, 1922.
O *engenho dos Masónes*, de Ernesto Pérez Masón, Havana, 1942.
Entrevista com Juan Sauer, provável autoentrevista de Carlos Ramírez Hoffman, Buenos Aires, 1979.
A *escada do céu e do inferno*, de Jim O'Bannon, Los Angeles, 1986.
As *escadas de incêndio do poema*, de Jim O'Bannon, Chicago, 1973.
Escritos no ar, coleção de fotos dos poemas aéreos de Carlos Ramírez Hoffman, publicados sem autorização do autor, Santiago, 1985.
O *espetáculo no céu*, de Argentino Schiaffino, Buenos Aires, 1974.
Estamos de saco cheio, manifesto de Argentino Schiaffino, Buenos Aires, 1973.
A *expedição maldita*, de J. M. S. Hill, Nova York, 1932.

Falando com a América, de Rory Long, Los Angeles, 1992. Livro, compact disc, CD-ROM.
Ferrovia e cavalo, de Silvio Salvático, Buenos Aires, 1925.
Fervor, de Edelmira Thompson, Buenos Aires, 1985. Poemas de juventude não incluídos em suas *Obras completas*.

O filho dos criminosos de guerra, de Franz Zwickau, Caracas, 1967.
Os filhos de Jim O'Brady no amanhecer da América, de Jim O'Bannon, Los Angeles, 1993.
Filosofia do mobiliário, de Edgar Allan Poe, em *Ensaios e críticas*, tradução de Julio Cortázar.
Uma filosofia simples, de Rory Long, Los Angeles, 1987.

Os gângsteres-morcegos, de Zach Sodenstern, Los Angeles, 2004.
Geometria, de Willy Schürholz, Santiago, 1980.
Geometria II, de Willy Schürholz, Santiago, 1983.
Geometria III, de Willy Schürholz, Santiago, 1984.
Geometria IV, de Willy Schürholz, Santiago, 1986.
Geometria V, de Willy Schürholz, Santiago, 1988.
O ginete argentino, de Juan Mendiluce, Buenos Aires, 1960.
Guerreiros do Sul, de Zach Sodenstern, Los Angeles, 2001.

História ouvida no Delta, de Argentino Schiaffino, New Orleans, 2013.
A hora da juventude, manifesto de Italo Schiaffino, Buenos Aires, 1969.
Horas argentinas, de Edelmira Thompson, Buenos Aires, 1925.
Horas da Europa, de Edelmira Thompson, Buenos Aires, 1923.

Igrejas e cemitérios da Europa, de Edelmira Thompson, Buenos Aires, 1972.
Ilhas que afundam, de Juan Mendiluce, Buenos Aires, 1986. Obra póstuma de J. M.
A invasão do Chile, de Argentino Schiaffino, Buenos Aires, 1973.

Juan Diego, de Irma Carrasco. Peça de teatro representada pela primeira vez no Teatro Condesa da Cidade do México, 1948.
A juventude de ferro, de Argentino Schiaffino, Buenos Aires, 1974.

Karma-explosão: estrela errática, de John Lee Brook, Los Angeles, 1980.

Os ladrões de impressões digitais, de J. M. S. Hill, Nova York, 1935.
A lua em seus olhos, peça dramática de Irma Carrasco representada pela primeira vez no Teatro Principal de Madri, 1946.
Luminosa escuridão, de Juan Mendiluce, Buenos Aires, 1974.
Luta de contrários, de Luiz Fontaine, Rio de Janeiro, 1939.

Maçãs na escada, de Jim O'Bannon, Atlanta, 1979.
Malvada sorte, de Silvio Salvático, Buenos Aires, 1923.
Os mares e as oficinas, de Carlos Hevia, Montevidéu, 1979.
Meine kleine Gedichte, de Franz Zwickau, Caracas, 1982; e Berlim, 1990.
O melhor de Argentino Schiaffino, de Argentino Schiaffino, Buenos Aires, 1989.
Os melhores poemas de Jim O'Bannon, de Jim O'Bannon, Los Angeles, 1990.
Memórias de um argentino, de Argentino Schiaffino, Tampa, Flórida, 2005.
Memórias de um libertário, de Ernesto Pérez Masón, Nova York, 1977.
O milagre de Peralvillo, peça dramática de Irma Carrasco representada pela primeira vez no Teatro Guadalupe da Cidade do México, 1951.
Minha ética, de Silvio Salvático, Buenos Aires, 1924.
Montevideanos e portenhos, de Carlos Hevia, Buenos Aires, 1998.
Motoristas, de Franz Zwickau, Caracas, 1965.
A mudinha, de Amado Couto, Rio de Janeiro, 1897.
O mundo das serpentes, de J. M. S. Hill, Nova York, 1928.
O mundo selvagem de Roscoe Stuart, de J. M. S. Hill, Nova York, 1932.

Nada a declarar, de Amado Couto, Rio de Janeiro, 1978.
O nascimento da Nova Cidade-Força, de Gustavo Borda, México, DF, 2005.
A nave perdida de Betelgeuse, de J. M .S. Hill, Nova York, 1936.
A noite de Macon, de Jim O'Bannon, Macon, 1961.
Noite insone, de Silvio Salvático, Buenos Aires, 1921.
A noite serena de Burgos, peça dramática de Irma Carrasco representada pela primeira vez no Teatro Principal de Madri em dezembro de 1940.
Nosso amigo B, de Zach Sodenstern, Los Angeles, 1996.
Nova York revisitada, de Jim O'Bannon, Los Angeles, 1990.
Novelão dos restaurantes de Buenos Aires, de Argentino Schiaffino, Buenos Aires, 1987.
O novo manancial, de Edelmira Thompson, Buenos Aires, 1931.

Obras de T. R. Murchison, Seattle, 1994. Contém quase todos os contos e artigos publicados por Murchison em diversas revistas da Confraria.
Os olhos do assassino, de Silvio Salvático, Buenos Aires, 1962.
Olhos tristes, de Silvio Salvático, Buenos Aires, 1929.

Um país de brisas, de Max Mirebalais, Porto Príncipe, 1971.
O paradoxo da nuvem, de Irma Carrasco, México, DF, 1934.
Para papai, de Edelmira Thompson, Buenos Aires, 1909.
Pedrito Saldaña, da Patagônia, de Juan Mendiluce, Buenos Aires, 1970.
Pegadas na praia, de Silvio Salvático, Buenos Aires, 1922.
A pintura argentina, de Luz Mendiluce, Buenos Aires, 1959. Poema extenso, de 1500 versos.
Poema mecanicista, de Silvio Salvático, Buenos Aires, 1928.
Poemas do absoluto, de Max Kasimir, Porto Príncipe, 1974.
Poesias completas I, de Pedro González Carrera, Santiago, 1975.

Poesias completas II, de Pedro González Carrera, Santiago, 1977.
Poesias completas, de Edelmira Thompson, Buenos Aires, dois volumes, 1962 e 1979.
Os poetas ocultos da Argentina, antologia de poesia "rara" compilada e anotada por Federico González Irujo, Buenos Aires, 1995.
Por mais que se madrugue, de Silvio Salvático, Buenos Aires, 1929.
O prêmio de Jasão, de Carlos Hevia, Montevidéu, 1989.
A primavera em Madri, de Juan Mendiluce, Buenos Aires, 1965.
A Primeira Grande República, de Max Kasimir, Porto Príncipe, 1972.

O quarto de Poe, de Edelmira Thompson, Buenos Aires, 1944. Obra mais importante de E. T., com diversas reedições, algumas traduções e sorte desigual.
Um quarto no trópico, de Max von Hauptmann, Paris, 1973. Edição ampliada em Porto Príncipe, 1976.
O Quarto Reich de Denver, de Zach Sodenstern, Los Angeles, 2002.
Quatro poetas haitianos: Mirebalais, Kasimir, Von Hauptmann e Le Gueule, de Max Mirebalais, Porto Príncipe, 1979.
A queda de Troia, de J. M. S. Hill, Topeka, 1954.
A questão judaica na Europa seguida de um memorando sobre a questão brasileira, de Luiz Fontaine, Rio de Janeiro, 1937.

Os rapazes, romance pornográfico de Ernesto Pérez Masón escrito com o pseudônimo de Abelardo de Rotterdam, Nova York, 1976.
A rapaziada de Puerto Argentino, de Jorge Esteban Petrovich, Buenos Aires, 1984. Relato de aventuras bélicas imaginárias.
Recordações de um irredento, de Argentino Schiaffino, Buenos Aires, 1984.

Os redutores, de J. M. S. Hill, Nova York, 1933.
Refutação a Voltaire, de Luiz Fontaine, Rio de Janeiro, 1921.
Refutação a Diderot, de Luiz Fontaine, Rio de Janeiro, 1925.
Refutação a D'Alembert, de Luiz Fontaine, Rio de Janeiro, 1927.
Refutação a Montesquieu, de Luiz Fontaine, Rio de Janeiro, 1930.
Refutação a Rousseau, de Luiz Fontaine, Rio de Janeiro, 1932.
Refutação a Hegel, seguida de uma breve refutação a Marx e Feuerbach, de Luiz Fontaine, Rio de Janeiro, 1938.
O regalo da Espanha, de Irma Carrasco, Madri, 1940.
Reivindicação de John Lee Brook e outros poemas, de John Lee Brook, Los Angeles, 1975.
Retábulo de vulcões, de Irma Carrasco, México, DF, 1934.
Retorno à Cidade-Força, de Gustavo Borda, México DF, 1995.
Revolução, de Zach Sodenstern, Los Angeles, 1991.
O rio do diabo, de Mateo Aguirre, Buenos Aires, 1918.
Os rios e outros poemas, de Jim O'Bannon, Los Angeles, 1991.
As ruínas de Pueblo, de Zach Sodenstern, Los Angeles, 1998.

A saga de Early, de J. M. S. Hill, Nova York, 1926.
San Martín definitivo, de Carlos Hevia, Montevidéu, 1972.
O sargento P, de Segundo José Heredia, Caracas, 1955.
Saturnal, de Segundo José Heredia, Caracas, 1970.
Saúde e força, de Rory Long, Los Angeles, 1984.
O século que eu vivi, de Edelmira Thompson em colaboração com Aldo Carozzone, Buenos Aires, 1968.
Sem coração, de Ernesto Pérez Masón, Havana, 1930.
Sem título, romance póstumo de Zach Sodenstern, Los Angeles, 2023.
O sendeiro dos bravos, de Jim O'Bannon, Atlanta, 1966.
Os simbas, de Zach Sodenstern, Los Angeles, 2003.
Sinais noturnos, de Segundo José Heredia, Caracas, 1956.
Sobre a estrela perdida, de John Lee Brook, Los Angeles, 1989.

Solidão, de John Lee Brook, Los Angeles, 1986.
Sombras de crianças perdidas, de J. M. S. Hill, Nova York, 1930.
O sonho de Diana, de Silvio Salvático, Buenos Aires, 1920.
A *sopa dos pobres*, de Ernesto Pérez Masón, Havana, 1965.

Tangos de Buenos Aires, de Luz Mendiluce, Buenos Aires, 1953.
A *tempestade e os jovens*, de Mateo Aguirre, Buenos Aires, 1911.
Terra autem erat inanis, de Argentino Schiaffino, Buenos Aires, 1996.
Terra sem lavrar, de Jim O'Bannon, Atlanta, 1971.
O tesouro, de Argentino Schiaffino, Miami, 2010.
Toda minha vida, primeira autobiografia de Edelmira Thompson, Buenos Aires, 1921.
Três poemas à Argentina, de Silvio Salvático, Buenos Aires, 1923.
O triunfo da virtude ou o triunfo de Deus, de Irma Carrasco, Salamanca, 1939.

A *última palavra*, de Amado Couto, Rio de Janeiro, 1982.
O último canal de Marte, de J. M. S. Hill, Nova York, 1934.

O verdadeiro filho de Jó, de Harry Sibelius, Nova York, 1996.
Os viajantes da neve, de J. M. S. Hill, Nova York, 1924.
A *vida como ela é*, de Willy Schürholz sob o pseudônimo de Gaspar Hauser, Santiago, 1990.
A *virgem da Ásia*, de Irma Carrasco, México, DF, 1953.
Os visitantes de Beta-Centauro, de J. M. S. Hill, Nova York, 1928.
A *voz por ti murcha*, de Irma Carrasco, México, DF, 1930.

1ª EDIÇÃO [2019] 1 reimpressão

ESTA OBRA FOI COMPOSTA PELO GRUPO DE CRIAÇÃO EM ELECTRA E
IMPRESSA PELA PAYM EM OFSETE SOBRE PAPEL PÓLEN SOFT DA
SUZANO S.A. PARA A EDITORA SCHWARCZ EM JANEIRO DE 2022

A marca FSC® é a garantia de que a madeira utilizada na fabricação do papel deste livro provém de florestas que foram gerenciadas de maneira ambientalmente correta, socialmente justa e economicamente viável, além de outras fontes de origem controlada.